求龍堂選書

夏目漱石

書道文化における「教養」の変容

河島由弥

求龍堂

夏目漱石　書道文化における「教養」の変容・目次

夏目漱石　書道文化における「教養」の変容

凡例

一、本書は、二〇一八年三月に帝京大学大学院文学研究科日本文化専攻に提出した学位（博士）論文『近代以降の日本における「書」の多様性―夏目漱石とその文学作品を中心として―』に加筆修正したものである。

一、漱石テクストの引用はすべて『漱石全集』（岩波書店、一九九六―一九九九）に拠る。ただし、書名に関しては一部初版刊行時の書名とした。章題と章番号、俳句番号、漢詩番号、書簡番号とを付して引用する。

一、漱石テクストのルビは、『漱石全集』から引いた本文に拠る。ただし一部省略した箇所もある。

一、「　」は、引用、論文名、作品名ならびに強調箇所を表す。『　』は、書名、新聞名、雑誌名を表す。

序文　「書道史研究における概念研究の扉」

福井淳哉

近代以降、書道史研究は文学や歴史等、絶えず他分野の成果や方法論に刺激を受けながら、それらを取り込む形で発展してきた。

一九八九年に刊行された北澤憲昭氏の著書『眼の神殿　「美術」受容史ノート』は、日本近代美術史を単なる作品の歴史としてだけではなく、概念や施設、また制度の歴史として捉え直すことで再検討を加え、種々の関連領域に衝撃を与えた。この北澤氏の著書が提示した「制度史」という考え方は、一九九六年の佐藤道信氏の著書『〈日本美術〉誕生　近代日本の「ことば」と戦略』によって国家論的なより大きな視座から論じられることにより更に展開し、この二冊はその後の美術史研究全般に極めて大きな影響を与えたのである。それは、書道史研究においても決して例外ではない。

髙橋利郎氏は、二〇一二年に刊行したその著書『近代日本における書への眼差し―日本書道史形成の軌跡』において、毛筆で書かれた肉筆の文字資料が、近代に「書」として位置付けられていくプロセスを、書道史に関する出版をはじめ、宝物調査や展覧会の列品、また文化財関連の法令から探り、近代における書道史形成の軌跡を辿った。この手法はまさに先述の動きに連なるものであり、モノ（現物資料）に則した研究が当たり前とも言える書道史研究の現状において、一つの重要な方向性を示したのである。

本書もまた、そういった一連の流れに触発された成果に他ならない。「書」とは、わが国の人々の営み、歴史の蓄積そのものである。例えば、青山杉雨の著書『文字性霊』という題名が示すように、わが国の書道文化の発展は、文字を単なる記号ではなく、それ自体、狭義にはその「造形」に意味や価値観を宿すものとして、それまで音（声）のみによって伝えられたきたであろう文明の「真理」に、新たな一面をもたらしたと言っても過言ではあるまい。

現代にまで受け継がれた「名筆」は、千年以上もの歴史の中で、常にその時代毎の価値観に晒され淘汰されてきた。王羲之の書や「高野切」のような普遍的な価値を有するものもあれば、一時代を築きながらも、歴史の片隅に埋もれた書も決して少なくはない。そうした、時代を映す鏡に浮かび上がるもの、つまり時代毎に人々が書にどのような認識・価値観を抱いていたのか、そういった書道文化の潮流の裏側、あるいは根底に潜む変容を明らかにすることは、わが国の文明史を考える上でも重要なファクターであろう。

しかし、その問題に取り組むには、先入観や既存の価値観に囚われない柔軟な思考が必要不可欠である。河島君は、元来書を専門に学んだ人物ではなく、日本近代文学や日本近代美術史といった周辺諸学から刺激を受け研究をスタートさせた人物である。しかし、そうした遍歴が、他の研究者にはない視点や発想を書道史研究に応用するという、本書での試みにも現れている。その成果は、従来までの書道史研究に新たな可能性を提示するものであり、書道史研究における新たな概念研究の扉を開く先駆者とせしめる可能性を秘めていることだろう。

（ふくい・じゅんや）
帝京大学文学部日本文化学科准教授
同大学院文学研究科日本文化専攻准教授（兼担）
同書道研究所　所長
博士（書道学）

序論　近代以降の書の多様性

第一節　美術と書の関係

二一世紀の現代に存在する多くのものは、明治維新後、すなわち日本史区分でいうところの近代にあたる時代に作り出されたものがほとんどであると言えるだろう。それは政治や法律といった社会を構築するシステムや制度はもちろんのこと、文化・芸術・学問、またそれに付随するかたちで輸入された様々な概念にいたるまで、実に多くのものが該当する。そして、これらのものが近代において作り出された背景には、西洋文明の輸入・模倣によって西洋諸国に引けをとらない近代国家の建設を図った明治政府の国家運営方針が関わっていると考えられている。[*1]

そうした中、当時新たに作り出された概念の一つに「美術」というものがある。美術は、現代においては絵画・彫刻・工芸などを総括してとらえる概念、言葉として用いられているが、もとは西洋から輸入された概念であり、その言葉も翻訳語として成立したものである。明治一四年（一八八一）に開催された第二回内国勧業博覧会において特選報告委員を務めた福田敬業（一八一七―一八九四）が提出した報告書に記載された「美術概論」によると、日本における美術の始まりは、明治六年（一八七三）に、オーストリアから送付された、首都ウィーンで開かれる万国博覧会に日本の出品を勧める書類の出品規定を翻訳した「澳国維納府博覧会出品心得」において確認されたものが初出とされている。[*2]当時の記述により、美術という言葉は翻訳前の出品規定に記されたドイツ語のKunstgewerbe（産業美術）とBildende Kunst（造形美術）の訳語として用いられたと考えられており、[*3]この言葉が用いられた時点において、現代よりも広義の意味で用いられている点が注目される。

こうした美術という概念・言葉が現在と同義の意味を存するものとして形成されるプロセスにおいては、博物館や美術学校といった様々な要因が影響を及ぼしているのである。そして、その要因の多くに当時の明治政府が関与しており、また前記したような施設がいずれも政府の主導により設営されたことなどから、美術とは近代国家の体制を整える上における制度の一つであったと考えられている。[*4]

一方、新たな制度や概念が輸入される際は、既存の価値観や概念との融和を図ることができず、それらとの衝突を余儀なくされることが多々ある。東洋の伝統的な、あるいは既存の価値観が根強く残っていた明治時代において、美術という新たな概念、制度の登場がそうした問題に直面したことは想像に難くない。当時文明の精華と言われた美術、またその制度も、[*5]実際には見世物という鑑賞形態と結びつく形で受容されていった側面もあり、[*6]その受容形態は当時の政府の意に反するものであったことは想像に容易い。このように、美術という制度や概念が整理・確立され、受容されるプロセスには、明治政府の意に反するような部分や、思いもよらぬ実態があったと言えるであろう。

さて、そうした美術の登場により、文化として大きな転換期を迎えたものの一つとして、「書」という、西洋には存在しない東アジア圏特有の文化を挙げることができる。美術が西洋から輸入された概念である以上、そこに生み出される価値観や基準には、その源である西洋美術に準じて適用されることは当然と言えよう。実際のところ、明治時代に形成された日本美術という制度・概念の上においても、絵画、彫刻、宗教美術といったものが尊重された一方で、工芸や生活美術に分類されるものが軽視される風潮が存在していた点も、以上の理由によるものとして考えられている。[*7] そのような西洋美術に準じて作り出された日本美術の中において、西洋には存在しない書という文化は、美術が誕生した黎明期に、「書画」という東洋における伝統的な概念・分類の一部として扱われてきた。そもそも日本には、書画や彫刻といった今日における美術にあてはまる言葉そのものが存在せず、諸芸術に対応する呼称が存在したのみであった。[*8] その一方で、どうやら美術という概念に書そのものを内包させる考え方は、早くから存在していたようである。例えば、日本で最も早い時期に「美学」について言及した哲学者・啓蒙思想家の西周（一八二九―一八九七）は『美妙学説』において

西洋ニテ現今美術ノ中ニ数フルハ画学、彫像術、彫刻術、工匠術ナレド、猶是ニ詩歌、散文、音楽、又漢土ニテハ書モ比類ニテ、皆美妙学ノ元理ノ適当スル者トシ、猶延イテハ舞楽、演劇ノ類ニモ及ブベシ。[*9]

と、日本や中国においては美術という概念の中に書は含まれると説いた。また、美術制度をサ

ポートするべく、当時の官僚達が中心となって組織した日本最初の美術団体である竜池会の会則に目を向けてみても、

第二十条　本会ニ於テ調理スル美術ノ区部ハ凡ソ左ノ如シ

画、書、彫刻、陶器、七宝、漆器、底本、繍織、銅器、建築、園治、但便宜部中ヲ細別スルコトアルヘシ[*10]

と、美術という概念において書と画をそれぞれ単一のものとして扱っていることがわかる。しかし、こうした美術における書の扱いに疑問を抱く考えも存在していたであろう。その疑問の声が表だって発せられたのが、明治一五年（一八八二）に『東洋学芸雑談』で洋画家小山正太郎（一八五七―一九一六）と、当時専修学校の教官であった岡倉天心（一八六三―一九一三）との間で交わされた、いわゆる「書ハ美術ナラズ論争」である。この論争は、その名が示すように美術という輸入概念の中において書を扱うことは適当か否か、また書は美術たりうるものであるのか、という問題がテーマとして取り上げられたのである。この論争をきっかけの一つとして、以後美術という制度、概念における書の扱いが再考されるようになったと考えられているなど[*11]、まさに美術と書をめぐる問題に一石を投じる結果となったのであった。

さて、そうした美術制度における書の扱いについて、当時ある種明確とも言える答えが示された。

明治政府が主導し、殖産興業の一角として、美術という制度の推進、また概念の確立に大きな影響を与えた内国勧業博覧会において、論争勃発以前は書画というカテゴリーにおいて同一のものとして出品されていた書と画が、明治二三年（一八九〇）の第三回からは異なるものとして分類され、明治三六年（一九〇三）に行われた第五回において、書は美術として取り扱われることはなかったのである。また「書ハ美術ナラズ論争」において書を美術として扱うことに肯定的な立場をとった岡倉天心であるが、その天心が設立に関わった東京美術学校や、行政などにおいては書が扱われることはなかった。その他、明治末期から昭和戦前期にかけて開かれた、日本初の官設公募美術展である文部省美術展覧会（文展）においても書を扱う部門は設置されなかったのである。こうして、美術という制度が確立されていくプロセスにおいて、書は冷遇ないし除外とも言える扱いを受けつつも、その外側において発達していった。また、歩みを同じくして日本美術に対する歴史的考証が行われるよう

挿図1　安藤広重「内国勧業博覧会美術館之図」東京国立博物館蔵
書と絵画が同じカテゴリーとして展示されている光景。

になり、それに呼応するような形で「書道史」は一つの学問・専門分野として形成されていったのであった。[12]

ところで、こうした美術と書に関する問題を差し引いて見ても、明治時代は日本の書道文化が大きな変容を遂げた時代である。例えば、江戸時代から続く公用文書体が御家流から唐様に変化し、明治一三年（一八八〇）の楊守敬（一八三九—一九一五）の来日を契機に、碑学がそれまでより深く浸透した。[13] これに加え、美術がもたらした展覧会という文化と書が接近することで、今日へと至る美術ないし展覧会芸術としての書の素地が形成されたのである。つまり、近代化という事象によって、日本の書道文化はエポックメーキングが果たされ、それまでの書画という概念に替わる「書」という新たな概念が誕生したとも言えるのである。そして、時を同じくして、印刷技術の発展により、各時代を代表する名筆がコロタイプの精巧な図版で紹介され、それに対する考証が行われるようになるなど、今日の書道史学の基礎に大きな影響を与えたのであった。[14]

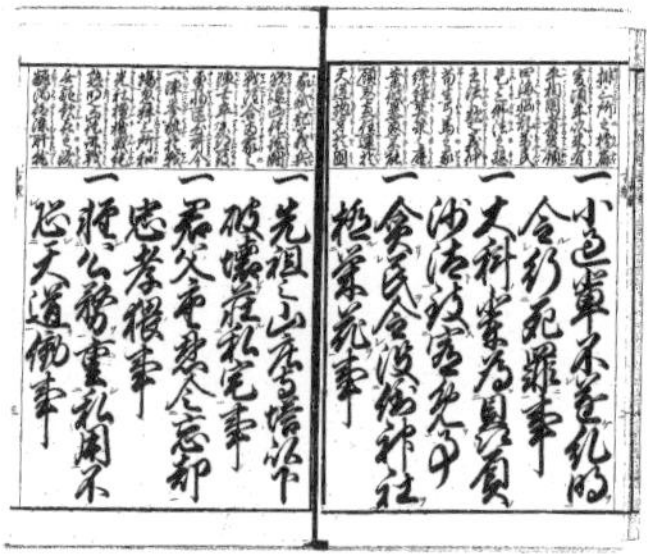

挿図2　『初学古状揃万宝蔵』1871

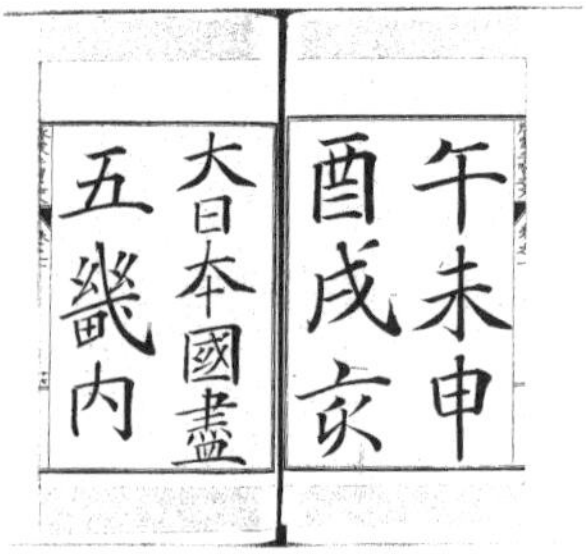

挿図3　福沢諭吉編『啓蒙手習の文』1872

挿図2（御家流）、挿図3（唐様）はともに明治初期に出版された書物であり、当時は御家流と唐様とが混在した状況であったことが窺える。福沢諭吉が慶應義塾から出版した手習い文が唐様である点からは、新時代教育を見据えた福沢の意気込みが感じられよう。

こうした中、美術制度における書の扱いに反発するように、明治三五年（一九〇二）に渡辺沙鷗（一八六四—一九一六）を中心として書家達は、書道団体・六書協会を結成し、美術という制度に応じた書という文化の精製を志した。[*15] しかし、沙鷗の師であり、当時の書道界における指導者的立場にあった日下部鳴鶴（一八三八—一九二二）は、文展開設にあたり書部門の設置に反対の意見を示し、明治二三年に皇室による日本美術の保護奨励を目的として定められた帝室技芸員への推挙も辞退している。[*16] 帝室技芸員は、人格、技量ともにすぐれた者が任命される美術家としての当代最高の栄誉であった。文展の設立も、当時活動していた諸美術団体を国家主導のもとに統合する意図が含まれていたのであるが、[*17] 鳴鶴はその栄誉を辞し、そうした政府の意向に反発するような態度を示したのである。その一方で、鳴鶴は時を同じくして当時の書道界の中心メンバー達と共に談書会を結成し、書道文化の普及・推進を果たそうとしていたのである。つまり、鳴鶴は美術という制度と書の接触を頑なに拒んだとも考えられるのである。このように、鳴鶴と沙鷗は師と弟子とで全く正反対の行動を示しているのであるが、なぜ鳴鶴がそうした態度を示したのか、鳴鶴自身がその点について言及していないため判然とはしていない。安藤搨石（一九一六—一九七四）によると、鳴鶴は書を古来より中国の高級官僚の子弟が学ぶ六種の教養課目、すなわち六芸の一つとして認識し、書を絵画や工芸と同格のものとすることに明確な拒否感

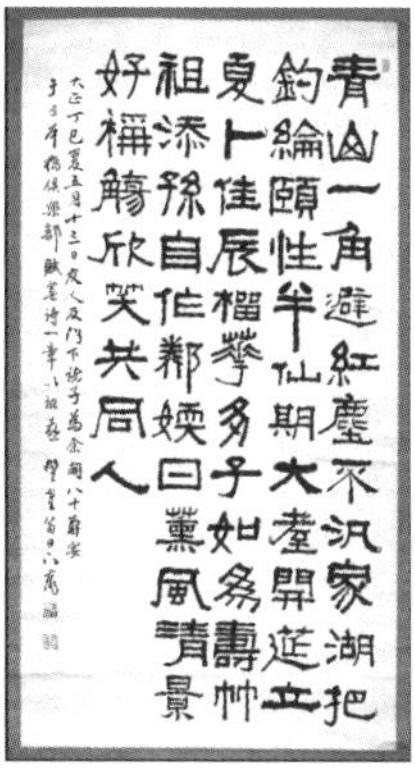

挿図4　日下部鳴鶴「七言詩書幅」
1917 彦根城博物館蔵

を示したとしている。[18] 鳴鶴はもともと彦根藩士であり、明治二年（一八六九）に上京すると官吏となり太政官大書記官として大久保利通（一八三〇―一八七八）等と公務にあたった。つまり、鳴鶴にとって書は六芸の一つとして、江戸時代の学問大系である漢学を通して享受されたと考えられる。一方、江戸時代において画家、つまり絵師は御用絵師等の例外を除けばその多くが庶民であり、工芸は「士農工商」の「工」に分類されるものである。よって、安藤が述べるように、鳴鶴が武士の教養たる書を、そうしたものと同格に扱うことに拒否感を示したとしてもおかしくはあるまい。事実は判然としないものの、鳴鶴と沙鷗では書という文化に対して異なる認識を有していたであろうことは想像に難くない。

こうした近代における書家間に見られる書という文化に対する認識の相違は他にも見ることができる。例えば、洋画家である中村不折（一八六六―一九四三）は書道文化に精通し、中国六朝時代の書に自身の美意識や意匠を反映させた当時斬新な書風の作品を発表し、独自性に溢れたその書は当時一世を風靡した。また、不折は書道団体龍眠会を結成し、研究や展覧会活動を行った他、蒐集した資料や作品を展示する書道博物館（現台東区立書道博物館）を自宅内に創設するなど、近代以降の書道文化の発展に大きく寄与した。

しかし、不折の書には批判的な意見も多く存在した。そうした不折の書を批判した代表的な人物の一人が内藤湖南（一八六六―一九三四）である。湖南は京都帝国大学において教鞭を執り、東洋史研究において大きな功績を残した人物として知られる。書にも精通し、王羲之（三〇三―三六一）を基盤としたその書は近代を代表するものの一つとして挙げることができる。湖南が、不折の書、また不折と志を共にした河東碧梧桐（一八七三―一九三七）の書を批判したのは、いわゆる中国における「南北書派論」や「北碑南帖論」に端を発したものであり、その論旨も学術的なものであるのだが、[*19]湖南は不折等の書を、北派の書ではない得体の知れない一種の俗筆、つまりは様式だけに重きをおいたものである点を批判の理由として掲げたのである。[*20]不折の本職は洋画家であるのだから、書においてもその様式面を深く掘り下げることはごく自然なことであろうが、不折は決して古典学書を疎かにした人物ではなかった。ただ、湖南が批判したように、不折の書は文字が本来有している造形を崩し自らの意匠を加える、いわゆるデフォルメが強いこともまた事実である。つまり、不折の書は、明治期より根付いた碑学や六朝書法を基盤としたコンテンポラリーの書、対する湖南の書は帖学という伝統的な学書や王羲之書法を基盤としたプログレッシブな書、とでも言えるものであり、両者が有した書に対しての美意識には相違する部分があったと考えられるだろう。

　ここまで述べてきたような、書という文化への認識の相違は、美術制度の確立に伴う書という文化が備える性質の

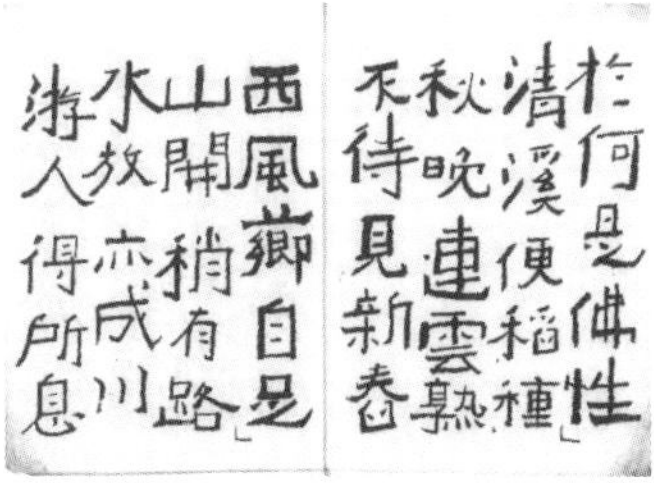

挿図5　中村不折「龍眠帖」1907

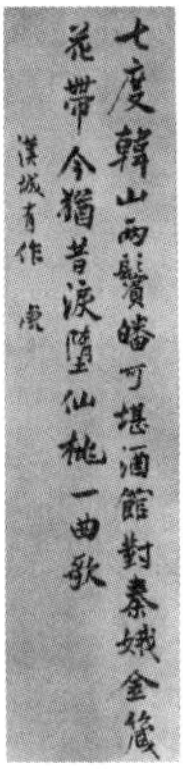

挿図6　内藤湖南「漢城」

変化に依るところが大きいと考えられるが、そうした変化を如実に示しているのが先述の内国勧業博覧会である。内国勧業博覧会ではその出品物に対しての審査概要がその都度報告されており、第一回時においても『内国勧業博覧会審査評語』(内国勧業博覧会事務局、一八七七)という形で公表されている。ただし、第一回時は主に審査における成績優秀者に対しての評語という形での発表であり、書作品がそれに該当しなかったため審査員の所見などを窺い知ることはできないが、第二回から書が除外される前の第四回まではその審査概要や審査所感が公表されている。例えば、明治二三年に開催された第三回内国勧業博覧会美術部門における審査報告書は、岡倉天心の全体所見にそれぞれの部門報告を加えた計三一頁からなるが、書の審査報告は一頁と半分と非常に僅かなものである。しかし、この審査報告には当時の書と美術にまつわる問題だけではなく、明治一〇年代より急激に変改した書道文化が世間に受容された様子を窺い知ることができるなど実に興味深い内容である。

書ハ玄妙ノ技ナリ、今回陳列ノ書、僅々五十餘紙ニ過ギズ、篆隷眞行艸皆アリ、而シテ隷書尤モ多シ之ヲ審査シ共優劣ヲ次第スル、亦容易ノ事ニアラズ、一是一非只古人ニ准則スルニタルノミ古人ノ沾ヲ垂ル、所唯精氣骨ニアリ共形質體貌ニ至リテハ豈今ノ異アランヤ、本場出陳ノ書ノ如キ、之ヲ形質體貌上ヨリ見ルニハ、皆鍾土ナラザルナシ[*21]

この審査報告文を記した人物は岡倉天心ではなく、実際に書部門の審査を行った審査官によるものである。記名がないため誰によって記されたものであるか判然としないが、文中の文言に目を通すと、度々「氣」や「骨」という言葉が用いられている。これはいわゆる中国の書法美学において用いられる専門的な用語であり、[*22]この審査官は当時の書道文化に精通していた人物であることが窺えるであろう。

さて、この審査報告においてまず注目したいのが、第三回内国勧業博覧会の書部門において最も入選が多かったのが隷書の作品であるという点である。明治以前までの日本の書は、和様や唐様といった書風に拘わらず法帖を主な学書基盤（帖学）として形成されたものであり、日常・芸術といった目的を問わず主として用いられたのは行書や草書といった書体であった。そうした中、明治一〇年代に日本に伝わったのが碑文や石器に彫られた文字を学書する碑学という学書法や、前述したような書法美学であった。当時の中国では、先述の「南北書派論」や「北碑南帖論」によって北派の石刻・金石研究が盛んに行われるようになり、特に、清朝後期の碑学派達による研究活動は金石学や考古学の研究を基盤として形成され、それらは彼らの学書や書道観にも大きな影響を与えた。それにより、それまで尊重されてきた王羲之書法では得ることがないような表現を獲得し、書の表現方法はいわばルネッサンス期を迎えたのである。明治一〇年代にはそうした碑学や北派の書を積極的に受容する動きが見られるようになり、碑学によって確立された実践的な学書法なども広く普及したのである。こうした流れの中から日下部鳴鶴などが活躍するなど、明治期の書は碑学や北派の書の受容・研究・発展という三本柱によりその大分が形成されたとも言える。よって、第二回まで主流であった行書・草書よりも、[*23] 隷書の書作品が内国勧業博覧会のような官展において最も主流であった点は注目に値する。

第三回の開催から五年後、明治二八年（一八九五）に開催された第四回内国勧業博覧会では、その審査報告をフェノロサの『美術真説』を翻訳したことで知られる工芸史家の大森惟中（一八四四―一九〇八）が記しているのだが、興味深いのが次の一文である。

> 美術部ノ諸品類概シテ進歩ヲ微セサルモノアラズ、獨リ書ニ至テハ前會ニ比較シテ著シク退却シ幾ト衰替ノ極ニ至ラントスルノ景況アリ[*24]

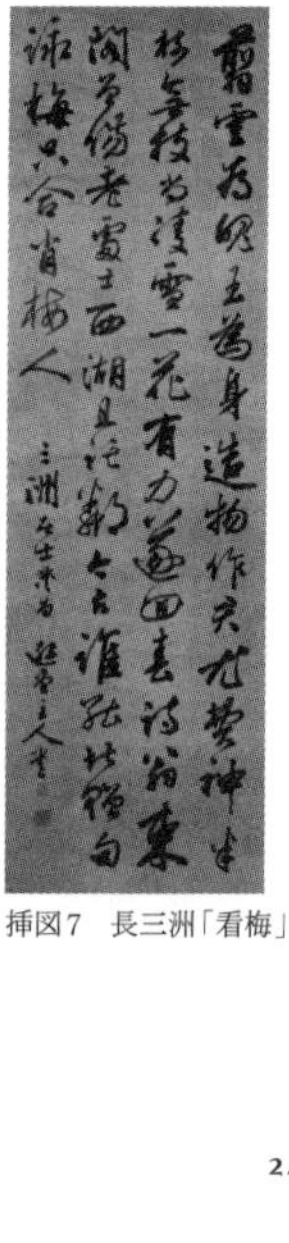

挿図7　長三洲「看梅」1876

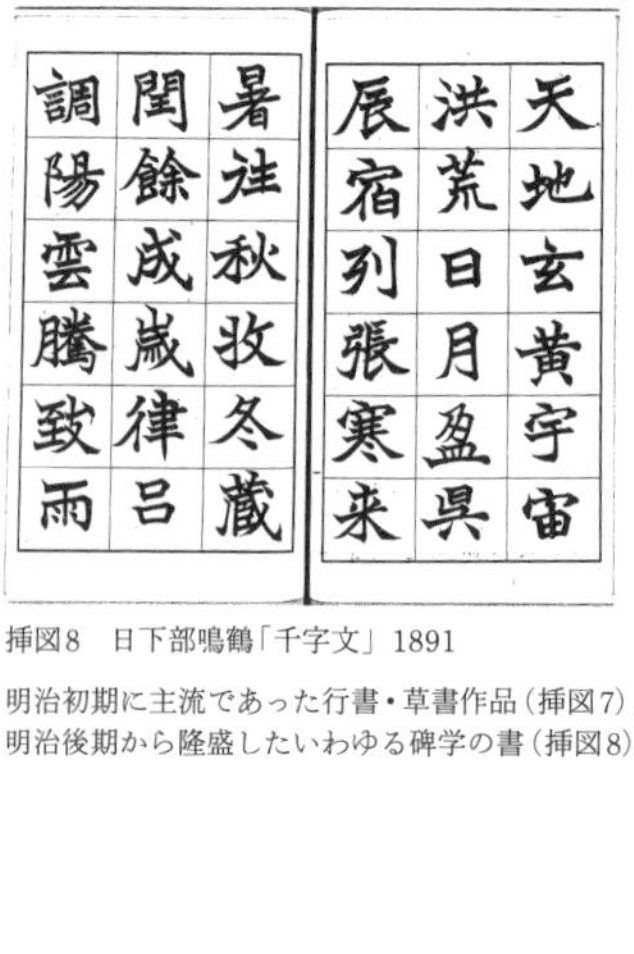

挿図8　日下部鳴鶴「千字文」1891

明治初期に主流であった行書・草書作品（挿図7）と、明治後期から隆盛したいわゆる碑学の書（挿図8）。

美術という概念が輸入されてから、絵画や彫刻などの諸分野は年々進歩してきた一方で書は逆に年々衰退の一途を辿っていると大森は指摘している。確かに明治期の書道文化は、碑学の普及や六朝書風の萌芽を経て文化的にエポックメーキングな時期であったと言えるだろう。しかし、時代が進むにつれ印刷技術が発達し、筆からペンへと筆記用具が移り変わる中にあって、書は日常から切り離されていくこととなった。大正八年（一九一九）に当時の文部大臣中橋徳五郎（一八六一―一九三四）が提唱した「毛筆廃止論」などは、まさに近代における「筆離れ」を象徴するようなものであろう。大森はこうした書作品の質の低下した要因として、筆離れによって美術の書と日常の書の使い分けができなくなった出品者が、美術の書を披露する場である内国勧業博覧会に日常の書を書作品として出品しているというのである。そして、学校における教育課程で習字を習った後に書を専門に学ぶ人がいないことも一連の原因として指摘しているのである。[*25] こうした大森の見解は、後に展覧会芸術として発展していく書を考える上でも興味深いものであるが、ここで注目しなければならないのが「美術の書」という概念の登場である。

その名が示すように、この概念は近代以降に成立したものであり、展覧会に求められる壁面芸術としての書の要素を要約したものと言える。大森が述べるに、日常の書とは学校の習字で習うような行書と草書を混ぜた記述性と判読性に優れたものとしている。それに対し、美術の書は帖学や碑学といった中国書法の古典を基盤としたものであり、文字の造形や作品の余白など全体的な構成にまで配慮が行き届いたものとしているのである。もちろん、それに類するものが近代以前に存在しなかったわけではない。近代以前の名筆はみな大森が述べる美術の書の要点を満たすものであるが、当然その筆者達がそうした美術の書という認識の下に作品を書写したわけではあるまい。中国には古来より「書論」という様式的な書の理論やそれに関する学問全般を示すものがあり、日本においても空海（七七四―八三五）の『遍照発揮性霊集』に収められる「勅使屏風書了即献書」等が古くから存在する。江戸時代においてはそうした書論書が中国から移入されて翻刻された和本の出版が盛んに行われ、市河米庵（一七七九―一八五八）の『米庵墨談』などがまとめられた。つまりは、元来日常的な書と作品としての書を揮毫するときに生じていた書写意識の違いの中に、美術という概念が加わったことによって創出されたものが美術の書なのではなかろうか。

先述の不折と湖南の論争も、おそらくはここに問題の根が存在するのであろう。おそらく不折には自らの作品にそうした美術としての書の概念を加えようとする意思が働いていたであろうが、湖南においては中国の書論の影響こそあれ、美術としての書という概念がそこにあったかどうかは一考を要する。いずれにせよ二人の間に、書という文化に対する認識に隔たりが存在していたのは確かなことであろう。そして、こうした隔たりこそ、近代以降の書道文化を考える上で大きなファクターとなるのである。

第二節　夏目漱石と書

以上のように、明治期における書道文化は非常に複雑かつ多様なものであり、これを整理するにあたっては書道史のみならず、美術史や歴史学など、ジャンルの境界を越えた領域横断的な視点からのアプローチが必要であろう。そして、この問題について考えるにあたり一つの示唆を与える人物こそ、これまで書道史の範疇において積極的に取り扱われることのなかった、日本近代文学の象徴・夏目漱石（一八六七―一九一六）である。漱石はその生涯を通じて書に親しみ、短冊や扁額に至るまで数多くの作品を揮毫したことで知られており、当時漱石の書は人々の関心を集めた。例えば、漱石が亡くなってから四年後の大正九年（一九二〇）には「漱石遺墨展覧会」が開かれている。「漱石遺墨展覧会出品目録」に目を通すと、生前漱石が揮毫した書作品や絵画作品[*26]、原稿に至るまで多くの作品や資料が展示されている。また、遺墨展出品の書作品の所蔵者の中に横山大観（一八六八―一九五八）の名を確認することができるなど[*27]、漱石の書作品は

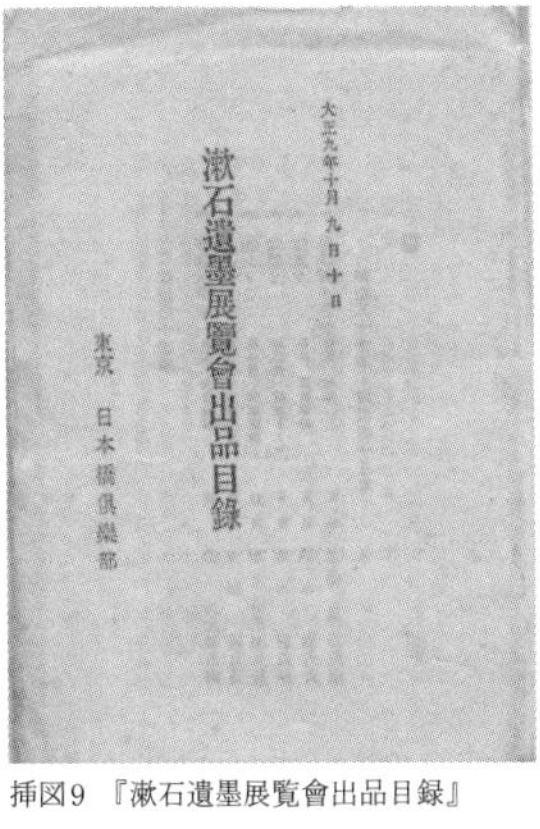

挿図9『漱石遺墨展覧會出品目録』

近代日本画を代表する芸術家にも親しまれていたことが窺える。

そうしたこともあり、漱石が揮毫した作品を収録した遺墨集・作品集の類はこれまで幾度となく刊行されてきた。次に列挙するのは、現在筆者が把握している漱石の遺墨集・作品集の一覧である。

○刊行年代順

『漱石遺墨』　国華社　一九二〇
『漱石遺墨集』　春陽堂　一九二二　全五輯　非売品
『漱石遺墨集』　岩波書店　一九三五　非売品
『漱石遺墨集』　創芸社　一九五四
『漱石とその世界』　創芸社　一九五五
『漱石書画集』　岩波書店　一九七六
『夏目漱石遺墨集』　求龍堂　一九七九　全六巻
『図説漱石大観』　角川書店　一九八一
『精選夏目漱石の書』　鈴木史楼編　名著刊行会　一九八六

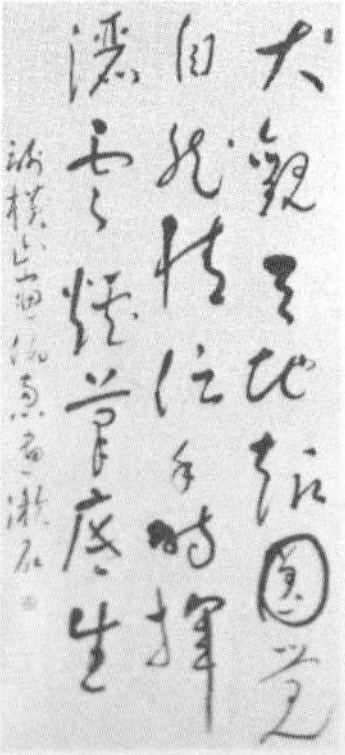
挿図10　漱石筆「詩軸」（大観天地趣）
漱石遺墨展覧会出品作、横山大観旧蔵

漱石は小説家である。確かに書に親しみ作品も揮毫したが決して書家ではない。むしろ自らの書を「素人」と称して卑下しているほどである。[*28] 一方で、書を主たる生業としない人物でありながらも遺墨展が開催され、これ程までに多数の遺墨集・作品集が刊行されている人物は近代以降おそらく漱石ただ一人であり、このことは極めて特筆すべきことであると言えよう。

しかし、先述したように漱石はこれまで書道史学の範疇において積極的に取り扱われることのなかった人物である。例えば、日本において書道史学が形成されて以降、その成果をはじめて整備した、書に関する最初の全集である『書道全集』(平凡社、一九三〇)の第二版(一九五四)第二五巻『日本十一 明治・大正』において漱石は取り上げられていない。また、古筆学を提唱し、日本書道史において多大なる功績を残した小松茂美が中心となって編集に携わった『日本書道辞典』(二玄社、一九八七)においても漱石は取り上げられていない。その一方、『定本書道全集第十二巻』(河出書房、一九五六)や『書道辞典』(飯島春敬編、東京堂出版、一九七五)では、漱石を取り上げているものの、内容は簡単なプロフィールが記されている程度に留まっている。比較的近年に刊行された『書の総合事典』(柏書房、二〇一〇)では、正岡子規(一八六七—一九〇二)と共に書に親しんだ近代文人として紹介されてはいるが項目としては取り上げられてはいない。こうしたことから、漱石の書はこれまでの書道史学において、いわゆる「名筆」として扱われるよりも、明治期において多くの人々の関心を集めた書として扱われてきたと考えられよう。また、これまで刊行されてきた漱石の遺墨集・作品集における解説の多くは、漱石の文学作品の研究者が執筆している点にも留意しなければなるまい。その中で『精選夏目漱石の書』に関しては、書道評論家である鈴木史楼が編集に携わっているものの、掲載されている文章の多くが研究者ではなく書家が執筆したものであるなど、本格的な研究の成果とは言い難い点がある。こうしたことからも、漱石の書は漱石研究における一資料として扱われてきた側面が強いことが指摘できまいか。

漱石が書道史において扱われることのなかった点については、その理由が単に漱石の書が名筆の類に属するものではないからというだけではない。近代以降に形成された学問大系としての書道史において扱う対象は、中国・日本を問わず、いずれも当代まで伝存し尊重されてきた名筆ないし、歴史に名を残した能書達であった。当然、書道史が歴史を扱う学問である以上、リアルタイムで活躍する人物達をその対象とすることは難しい側面がある。また、前述したように近代以降の日本の書道文化は西洋から輸入された美術という概念と融合をはたし、展覧会芸術として発展していくこととなるが、そうした展覧会という場、特に日展(日本美術展覧会)のような展覧会の存在が近代以降の日本の書道文化に与えた影響、特に様式面において与えた影響は大きなものがある。[*29] こうした点から、書道史という学問において、展覧会芸術として発展してきた書や、それに寄与ないし影響を与えた人物達をその研究対象とすることは自然なことであろう。中村不折や會津八一(一八八一―一九五六)[*30]といった非書家がその研究対象となったのも、近代書道史における文化面に対して影響を与えたという点を考慮しなければなるまい。

以上のような点からも、漱石が書道史学において積極的に取り上げられることのなかった理由については ある程度説明がつく。しかし、近代において海外の異なる文明を受け入れ紹介する役割を果たした文学において、漱石をはじめとした世間に多大なる影響力を有したいわゆる文豪と称された人物達の書道文化に対する知識や教養は、今日の近代書道史研究の視座においても無視することのできないものが存在する。例えば、幸田露伴(一八六七—一九四七)は『五重塔』などの小説で一時代を築き上げた傍ら、学術的な随筆、史伝、考証なども数多く発表していることで知られている。露伴は、大正七年(一九一八)に大同書会から刊行された『書勢』創刊号に寄稿するなど、非常に書道文化に精通した人物である。明治二六年(一八九三)に「蘭亭帖」を発表して以降、昭和一二年の史伝「王羲之」や蘭亭叙に記された文字の筆順や正誤を考証した「蘭亭文字」を発表するなど、露伴の王羲之へのアプローチはまさに書道史学的見地から行われていると言えよう。こうした露伴の史伝や考証は、今日の書道史研究においても一次資料として用いられている点からも、その精度は決して無視できるものではない。また、露伴は向島在住時に西川寧(一九〇二—一九八九)と交流を深めていたことでも知られている。[*31] 西川は、慶応義塾大学で中国文学を専攻し、後年外務省在外特別研究員として中国へ留学し、中国文学や金石学、中国書道史を研究する。その一方で書家としても積極的に書壇活動を行い、一九五五年の「隷書七言聯」において日本芸術院賞を受賞し、その他にも日展審査員や常務理事を務め日本の現代書道における指導者を務めた。その門下からも、青山杉雨(一九一二—一九九三)といった現代書道を代表する人物を輩出した、現代において「書の巨人」[*32]と称される人物である。そうした西川の博士論文である「西域出土晋代墨蹟の書道史的研究」はまさに王羲之を扱った論文であることからも、こうした二人の交流は大変興味深い。

一方、露伴が書に対し学術的なアプローチを試み、それらを史伝や考証という形で発表したのに対し、漱石の場合は、そうした書を自身の文学作品の中に描いたという点において同時代の他の文学作品にはあまり見られない特徴を備えている。そして、この書を作品の中に描いたということこそが、本論稿において極めて重要な意味をもつのである。漱石は、日本美術や東洋美術、イギリスの世紀末芸術をはじめとする西洋美術に関して幅広い見識を有したことで知られているが、漱石の文学作品の中には、そうした美術作品、またそれに関係した人物が登場するなどの場面が数多く描かれていることは今日広く知られているところである。

不思議な事には衣装も髪も馬も桜もはつきりと目に映じたが、花嫁の顔だけは、どうしても思ひつけなかつた。しばらくあの顔か、この顔か、と思案して居るうちに、ミレーのかいた、オフェリヤの面影が忽然と出て来て、高島田の下へすぽりとはまつた。是は駄目だと、折角の図面を早速取り崩す。衣装も髪も馬も桜も一瞬間に心の道具立から奇麗に立ち退いたが、オフェリヤの合掌して水の上を流れて行く姿丈は、朦朧と胸の底に残つて、棕櫚箒で烟を払ふ様に、さつぱりしなかつた。（「草枕・二」）

掲出は明治三九年（一九〇六）に発表された小説『草枕』の一節である。物語の主人公「余」は、旅先にて作中における主要登場人物の一人「お那美さん」の嫁入りの話を聞き、彼女の顔にジョン・エヴァレット・ミレイ（一八二九―一八九六）の描いた「オフィーリア」に描かれている、ウィリアム・シェイクスピア（一五六四―一六一六）の戯曲『ハムレット』のヒロイン、オフィーリアの顔を思い浮かべる。主人公は、そうしたオフィーリアの表情を自身の理想と表現と定め、その表情をお那美さんに求めるようになっていく。

物語の最終章では、出兵する別れた夫を見送るお那美さんの表情を主人公が見て「其茫然のうちに不思議にも今迄かつて見た事のない『憐れ』が一面に浮いてゐる」とお那美さん顔に〝憐れ〟を見出し、「それだ！　それだ！　それが出れば画になりますよ」と叫ぶ、そして物語は「余が胸中の画面は此咄嗟の際に成就したのである」という一文で締めくくられている。

このように、漱石は美術作品を時として文学作品における重要な役割を果たすモティーフとして用い、またそれを視覚イメージとして鑑賞の記憶を文学作品の中に描いている。こうした点から、漱石の文学作品に登場する美術作品は小説のストーリーを展開する上での小道具としてではなく、漱石の視覚イメージとして、また自己表現の一助として作中における舞台装置の役割を担っていたと考えられており、漱石やその文学作品と美術との関係についてはこれまでにも多くの研究者が指摘しているところである。*33

以上の点を踏まえ、〝漱石の文学作品に描かれた書〟に目を通してみたい。

余は書に於ては皆無鑑識のない男だが、平生から、黄檗の高泉和尚の筆致を愛して居る。隠元も即非も木庵も夫々に面白味はあるが、高泉の字が一番蒼勁でしかも雅馴である。(「草枕・三」)

ここに登場する隠元(一五九二―一六七三)、即非(一六一六―一六七一)、木庵(一六一一―一六八四)、高泉(一六三三―一六九五)は、いずれも江戸時代初期に渡来した黄檗宗の僧侶である。四人の書は黄檗流という書流に分類されるものであり、隠元、即非、木庵の三人は「黄檗三筆」と称され、その書は書道史学上において高い評価をうけている。漱石はこの場面において、黄檗三筆と黄檗流の名手として知られる高泉の書を比較し、その中で高泉の書を「最も雅馴」としており、まさに漱石の書道観の一端を窺い知ることができる興味深い場面と言えるだろう。なお、漱石の門下生であり、自身も書画美術に親しんだ芥川龍之介(一八九二―一九二七)によると、漱石の書斎(漱石山房)には木庵筆の「花開万国春」の額があったようであるから、[*34] 前記の場面は漱石が実際にそれらの作品を目にした上で、自らの鑑賞体験に基づき描いている可能性が高いと言えるだろう。また、漱石旧蔵の蔵書、いわゆる「漱石文庫」の中には、多くの書道関係の書物が確認できることからも漱石が書道文化に深い関心を寄せていたことが窺える。[*35]

このように漱石は自身の文学作品の中に書を描いたが、ここで留意しなくてはならないのが、漱石は東京帝国大学を辞して以降こうした文学作品を新聞小説として連載していたという点である。当時の新聞は、東京や大阪といった大都市のリテラシーの低い旧町人層を主な購読対象として、平仮名主体の口語体文章でかつ政治問題は論ぜずに市井に関する情報や小説等の読み物を売りとしたものであり、漱石が小説を連載した『朝日新聞』も当時は同様の性格を備えたものであった。[*36] なればこそ、そうしたメディアに描かれた書道文化というものは、その想定された購読層、つまりは一般大衆にも享受することができた一般教養であった可能性が高いと考えられよう。漱石の小説が掲載されたのが新聞である以上、当然読者はその他の紙面にも目を通し、社会の動向を知ることができるであろう。実際『行人』には、漱石が現実に足を運んだ展覧会の鑑賞体験をモデルに描かれた場面も存在している。このように、小説と現実に展開されるニュースを、巧みにフィクションとしての物語に織り込んでいることも漱石の技法なのである。[*37]

こうしたことからも、漱石の文学作品（特に『朝日新聞』に連載された小説）に描かれた書について分析することは、当時において書道文化がいかに大衆へ浸透していたかを推し量る為の物差しとなり得る可能性が備わっているのである。

古くから政治社会学においては、エリートと大衆という二分法を用いて社会関係について考えた。日本においても、書をはじめとした多くの芸術は、かつて貴族や武士といったエリート（支配階層）の特権的な文化であった。しかし、近世から近代と時代を経るにつれ、そうしたものにも変化が生じるようになる。書に関して言えば、江戸時代に庶民の中に広まった寺子屋教育において、書は

「手習い」という中心的な教育方法となったことにより大衆のものへとなりつつあった。そして漱石の文学作品における書とは、日本の書道文化におけるそうした側面を推し量る上で鍵となり得る、近代書道史においても極めて興味深いテーマと考えられるのである。

以上のことからも、漱石という人物を書道史学的見地から考察することは十分意義のあることと考える。例えば、先述したように元来「書」という文化は江戸時代より漢学（儒学）という学問体系の一科目として、当時の文化人・エリートにとって必須とも言える教養であった。江戸時代より漢学という学問を通じて日本人は母国語以外の文法や文章表現を学ぶことにより、近代以降輸入された外国の学問や言語と接した折にスムーズな言語理解を果たすことができた。明治期においては、こうした漢学を幕末の頃に学んだ漱石達の世代が積極的に海外の学問を学び吸収し近代化に大きく貢献したこと等から、漢学は近代日本の知識層の知的基盤として大きな役割を果たしたと考えられている。[*38] また、古来より中国においては、詩、書、画、篆刻といったいわゆる四絶と称される分野に通ずる者を「文人」と称し一流の文化人として称え、当時の日本ではそうした文人へ憧れを抱いた者も少なくはなかった。谷崎潤一郎（一八八六―一九六五）や芥川といった漱石の門人にはいわゆるオリエンタリズムに傾倒した人物が多いが、[*39] 一世代上の漱石にとっては、それは身近な存在であり、より強く影響されていたと考えられるだろう。こうした、書に対する認識の相違やその傾向を分析することも、近代書道史において興味深いテーマと言えよう。

現在我々が認識する「書」という文化に対し、近代日本における「書」という文化は複雑かつ多様的な性格を備えたものであり、その全容を把握することは困難を要する。なればこそ、漱石のように多種多様な領域を横断する深い教養と知識に裏づけられた文化的活動を行った人物を対象として研究を進め、その全体像を解明することは、そうした近代における書道文化というものを解明するための一助になり得るとは言えまいか。

ゆえに本論考の主たる目的は、先学による関連各分野の先行研究を基盤とし、従来の漱石研究においてあまり行われてこなかった、書道史学的見地からのアプローチを主な手段とし、夏目漱石と書道文化、そして「近代における書道文化とは」という問題について考察を加えるものである。

1 歴史学研究会・日本史研究会編『日本史講座第8巻　近代の成立』(東京大学出版会、二〇〇五)を参照。
2 「美術概論」には「美術ノ名称ハ近ク、明治六年澳国維也納府大博覧会ノ時ニ当リ、始テ起リシニヨリ」と記載されている。(『明治前期産業発達歴史資料：勧業博覧会資料一八九』(明治文献資料刊行会、一九七五所収)を参照。
3 「美術概論」においては、美術(西洋ニテ音楽、画学、像ヲ作ル術、詩学等ヲ美術ト云フ)と説明されている。
4 北澤憲昭『眼の神殿―「美術」受容史ノート』(ブリュッケ、二〇一〇)を参照。
5 東京帝室博物館編『稿本日本帝国美術略史』(日本美術社、一九〇八)を参照。
6 木下直之『美術という見世物　油絵茶屋の時代』(講談社、二〇一〇)を参照。
7 佐藤道信『〈日本美術〉誕生　近代日本の「ことば」と戦略』(講談社、一九九六)を参照。
8 森口多里『美術五十年史』(鱒書房、一九四三)を参照。
9 西周「美妙学説」(『日本近代思想大系17』所収、岩波書店、一九八九)四頁。

10 竜池会規則（浦崎永錫『日本近代美術発達史明治篇』東京美術、一九七四所収）九八頁。
11 浦崎永錫『日本近代美術発達史明治篇』（東京美術、一九七四）を参照。
12 髙橋利郎『近代日本における書への眼差し―日本書道史形成の軌跡』（思文閣出版、二〇一二）を参照。
13 『書道全集25　日本11　明治・大正』（平凡社、一九六七）を参照。
14 明治四十四年に第一号を発行した書の専門誌『書苑』は、法書会という組織を母体として、その会員を対象として無料頒布された。毎号毎に名筆を取り上げ、数編の論文や書家の伝記などを掲載した。
15 柳田さやか「明治期の竜池会・日本美術協会における書の位置―六書協会・日本書道会設立の背景として―」（『書学書道史研究　第二五号』書学書道史学会、二〇一五、所収）を参照。
16 萱原晋「近・現代の日本の書について」（『書学書道史研究第六号』書学書道史学会、一九九六所収）を参照。
17 『日展史　一　文展編』（日展史編纂委員会編、一九八〇）を参照。
18 安藤搨石『書壇百年』（木耳社、一九六四）を参照。
19 中国においては清代までは主に王羲之書法を中心に発達してきたが、阮元（一七六四―一八四九）により、王羲之やその影響下において創出された唐代の書の多くは現物が残っておらず、法帖という形で伝わった結果何度も翻刻を繰り返すうちに原典の姿を失ったものであると主張。これに対し、漢代の隷書や北魏の書は当時の姿そのままを伝えるものであるとし、書は北朝の碑に範をとるべきであると主張した。
20 湖南は碧梧桐に対し、「文盲」という言葉を用いており、書だけではなく俳句にまで批判を浴びせている。内藤湖南「北派の書論」（『内藤湖南全集　第八巻』筑摩書房、一九六九）を参照。
21 『明治前期産業発達史資料：勧業博覧会資料一四五』（明治文献資料刊行会、一九七四）一九四頁。
22 河内利治『書法美学の研究』（汲古書院、二〇〇四）を参照。
23 『明治前期産業発達史資料：勧業博覧会資料一五六』（明治文献資料刊行会、一九七五）を参照。
24 『明治前期産業発達史資料：勧業博覧会資料九二』（明治文献資料刊行会、一九七四）八〇頁。
25 大野加奈子「『書ハ美術ナラズ』明治政府の美術政策と日本の書についての考察」（『金沢大学大学院人間社会環境研究二一号』二〇〇一所収）を参照。

26 漱石はイギリス留学時から水彩画を描くようになり、帰国後は友人達と自筆絵葉書の交換などを行っている。明治四四年に画家の津田青楓と交友を持つようになると、津田から油彩画や日本画のレッスンを受けるようになり、明治末頃から本格的な南画を描くようになる。
27 漱石と大観には交友があり、大観の求めに応じ漱石が揮毫した「大観天地趣」などの作品が知られている。
28 大正二年の相生由太郎宛て書簡において漱石は、自身は書に関しては素人である旨を述べている。
29 帝京大学書道研究所・帝京大学総合博物館企画編集『日本書道文化の伝統と継承―かな美への挑戦―』（求龍堂、二〇一六）を参照。
30 美術史研究における功績や歌人・書家としての活躍は今日広く知られている。また、江戸後期の禅僧良寛の書を顕彰し、近代以降の書道史における良寛の位置づけに影響を及ぼしたと考えられよう。
31 露伴の遺墨集である『蝸牛庵遺墨』（中央公論社、一九五〇）や東京大田区の池上本門寺にある露伴の墓碑は西川寧の筆によるものである。
32 西川の生誕一〇〇年を記念して二〇〇二年に東京国立博物館において開催された「書の巨人　西川寧」に因む異名。
33 二〇一三年には漱石と美術をテーマとした「夏目漱石の美術世界展」が開催された。その他、近年の研究成果として『特講漱石の美術世界』（岩波書店、二〇一四）や代表的な研究成果として『漱石とアーサー王傳説―「薤露行」の比較文学的研究』（講談社学術文庫、一九九一）などが挙げられる。
34 芥川龍之介「漱石山房の秋」（『芥川龍之介全集　第五巻』岩波書店、一九九六所収）を参照。
35 『漱石全集第二十五巻』（岩波書店、一九九六）所収「漱石山房蔵書目録」を参照。
36 『国史大辞典』（吉川弘文館、一九八五）九二二頁における「新聞」の項目を参照。
37 石原千秋『漱石と日本の近代　上・下』（新潮社、二〇一七）を参照。
38 大石学『江戸の教育力　近代日本の知的基盤』（東京学芸大学出版会、二〇〇七）を参照。
39 西原大輔『谷崎潤一郎とオリエンタリズム―大正日本の中国幻想』（中公叢書、二〇〇三）を参照。

〔挿図出典〕

挿図1：国立国会図書館デジタルコレクション　http://dl.ndl.go.jp/info:ndljp/pid/1302984
挿図2：『初学古状揃万宝蔵』（玉山堂、一八七一）
挿図3：福沢諭吉編『啓蒙手習の文』（慶應義塾、一八七二）
挿図4：彦根城博物館『近代の書聖　日下部鳴鶴』（彦根城博物館、二〇一二）
挿図5：『龍眠帖』（河東秉五郎、一九〇八）
挿図6、7：『書道全集25　日本11　明治・大正』（平凡社、一九六七）
挿図8：『鳴鶴先生真書千字文』（山中孝之助、一八九一）
挿図9：筆者蔵実物資料
挿図10：『夏目漱石遺墨集第一巻書蹟篇』（求龍堂、一九七九）

第一章　漱石と「書」──漢学と書道文化──

第一節　漢学と書道文化

近代における書という文化は複雑かつ多様な性格を備えたものである。これに対して、漱石の文学作品を通して当時の書という文化を考えるにあっては、当然のことながら漱石が書に対してどのような認識を有していたかを理解する必要があるだろう。よって本章では、漱石にとって書とはどのようなものだったのか、漱石と書道文化の関係について考えて見たいと思う。

漱石が生きた時代は、書がエリートの特権的な文化であった時代とは異なり、広く一般に書が愛好されるようになり、生活の中においてもそれは身近なものであった。幕末に生まれ、未だ筆で文字を書くことが当然であった時代に生まれ育った漱石であればそれは猶のことであろう。

小供のとき家に五六十幅の画があつた。ある時は床《とこ》の間《ま》の前《まへ》で、ある時は蔵《くら》の中《なか》で、又ある時は虫干《むしぼし》の折に、余は交《かは》る〴〵それを見た。さうして懸物《かけもの》の前に独り蹲踞《うづく》まつて、黙然と時を過《すご》すのを楽《たのしみ》とした。今でも玩具箱《おもちやばこ》を引繰《ひつく》り返《かへ》した様に色彩の乱調な芝居を見るよりも、自分の気に入つた画に対して居る方が遥かに心持が好《い》い。

画のうちでは彩色《しき》を使《つか》つた南画が一番面白かつた。惜しい事に余の家の蔵幅には其南画が少なかつた。子供の事だから画の巧拙などは無論分《わか》らう筈はなかつた。好《す》き嫌ひと云つた所で、構図の上に自分の気に入つた天然《てんねん》の色と形が表はれてゐれば夫で嬉《うれ》しかつたのである。

鑑識上の修養を積む機会を有たなかつた余の趣味は、其後別段に新らしい変化を受けないで生長した。従つて山水によつて画を愛するの弊はあつたらうが、名前によつて画を論ずるの譏《そし》りも犯さずに済んだ。丁度画と前後して余の嗜好に上《のぼ》つた詩と同じく、如何な大家の筆になつたものでも、如何に時代を食《く》つたものでも、自分の気に入らないものは一向顧みる義理を感じなかつた。（「思ひ出す事など・二十四」）

掲出は漱石の随筆『思ひ出す事など』における幼少期の回想である。漱石の生家である夏目家は、代々名主、つまりは地方行政の官吏を務めた家柄であるから、「五六十幅の画」を所有していても不思議ではない。掲出の回想において漱石がどのような画家の作品を目にしたか具体的な描写はされてはいないものの、名主の家という比較的裕福な家庭で育った漱石にとって、美術とは日常の身近な所で接するものであったことがこうした随筆の一場面から窺い知ることができる。

漱石が小説家としてデビューしたのが明治三八年（一九〇五）に雑誌『ホトヽギス』に連載した『吾輩は猫である』であり、漱石は当時三八歳であるから生涯の後半にあたる時期である。それ以前の漱石というと、英文学者として東大で教鞭をとったことや、『坊つちやん』で描かれているように英語教師として働いていたことは広く知られているだろうし、そうした経歴が漱石の文学作品における西洋文学や西洋哲学の影響に繋がっていることは疑いようがあるまい。その一方で、漱石の文学作品には東洋文学・哲学の影響が見られることはこれまでに多くの研究者から指摘されている。とりわけ儒教や老荘思想、禅などの影響が見られる点は、書という文化を考えるにあたり留意すべきことであろう。[*1] というのも、漱石の文学作品における東洋文学・哲学の影響や、それらに対する漱石の造詣の深さを考える上においては、漱石が幼い頃より親しんだ漢学の影響が考えられるからである。

　元来僕は漢学が好で随分興味を有つて漢籍は沢山読んだものである。今は英文学などやつて居るが、其頃は英語と来たら大嫌ひで手に取るのも厭な様な気がした。兄が英語をやつて居たから家では少し宛教へられたけれど、教へる兄は癇癪持《かんしやくもち》、教はる僕は大嫌ひと来て居るから到底長く続く筈もなく、ナショナルの二位《ぐらゐ》でお終ひになつて了つたが、……（「落第」）

と、漱石は中学生時代のことを明治三九年（一九〇六）に発表された談話筆記においてこのように回想している。夏目漱石（本名金之助）は、慶応三年（一八六七）一月五日に江戸の牛込馬場下の名主夏目小兵衛直克の五男として生まれた。先述したように夏目家は町人の家系ではあるが、名主という地方行政の官吏を代々務めた家である。ゆえに漱石が当時の教育システムであった儒学（漢学）を学ぶ為に幼い頃より漢籍に親しむのは自然なことであった。漱石は二歳の時に養子に出されているが、養子先の塩原家もまた名主を務めていた家であるので、漱石が養子先でも漢学に親しんだであろうことは想像に難くない。なお、先述の幸田露伴もまた、江戸時代より大名の取次を職とした表御坊主衆の家に生まれ、父利三は元々幕臣であった。[*2] そして、漱石の盟友正岡子規も、松山藩士の家に生まれ、幼い頃より藩の儒者を務めた外祖父の塾に通い漢学や書などに親しんだ。[*3] このように、近代を代表する文学者は、幼い頃より漢学を学ぶ環境下に生まれ育ったケースが多い。この点は、これから話を進めるにあたり留意しておきたい点である。なお、漱石が現代教育制度の小学校にあたる戸田学校に入学した明治七年（一八七四）は、学制の施行に伴い明治期における近代教育システム導入を受けた最初の世代である。つまり、漱石達の世代は、幼年期は漢学という旧来の教育システムの下で学び、幼少期に至り近代教育を享受した、ハイブリットな世代と考えられるであろう。

凡ソ臣タルノ道ハ二君ニ仕ヘズ心ヲ鐵石ノ如シ身ヲ以テ国ニ徇ヘ君ノ危急ヲ救フニアリ中古我国ニ楠正成ナル者アリ忠且義ニシテ智勇兼備ノ豪傑ナリ後醍醐帝ノ時ニ当リ高時専肆帝ノ播遷スルヤ召ニ応ジテ興復ノ事ヲ［衍］ヲ諾スコヽニ於テ正成兵ヲ河内ニ起シ一片ノ孤城ヲ以テ百万ノ勁敵ヲ斧鉞ノ下ニ誅戮シ百折屈セズ千挫撓マズ奮発竭力衝撃突戦ス遂ニ乱定マルニ及ビ又尊氏ノ叛スルニ因テ不幸ニシテ戦死ス夫レ正成ハ忠勇整粛抜山倒海ノ勲ヲ奏シ出群抜萃ノ忠ヲ顕ハシ王室ヲ輔佐ス実ニ股肱ノ臣ナリ帝之ニ用キル薄クシテ却テ尊氏等ヲ愛シ遂ニ乱ヲ醸スニ至ル然ルニ正成勤王ノ志ヲ抱キ利ノ為メニ走ラズ害ノ為メニ遁レズ膝ヲ汚吏貪士ノ前ニ屈セズ義ヲ

蹈ミテ死ス嘆クニ堪フベケンヤ噫（二月十七日）（「正成論」）

掲出の「正成論」は、明治一一年（一八七八）漱石が十一歳の時に書いた作文である。この作文は漱石の小学生時代の友人島崎友輔が編集した回覧雑誌に寄せた三百字余りの短いものであるが、内容に目を通すとそこには漢学の影響を見ることができる。序論で述べたように、学制という新たな教育制度が整備された時代において、教育システムを儒学から洋学への転換を図る過程の中にあっても、これまでの漢学教育の中で培われてきた素地はその枠組みの中で求められたのであった。それについて前田愛は次のような所説を述べている。[*4]

漢籍の素読はことばのひびきとリズムを反復復誦する操作を通じて、日常のことばとは次元を異にする精神のことば—漢語の形式を幼い魂に刻印する学習過程である。意味の理解は達せられなくとも文章のひびきとリズムの型は殆ど生理と化して体得されている。やや長じてから講読や輪読によって供給される知識が形式を充足するのである。そして、素読の訓練を経てほぼ等質の文章感覚と思考形式とを培養された青年達は、出身地、出身階層の差異を超えて、同じ知的選民《エリート》に属する者同志の連帯感情を通わせ合うことが可能になる。

このように、漢学は洋学学習の前提としての役割を果たし、明治期における近代学習の基礎、つまり導入教育として漢学から洋学という学習のプロセスが被学習者に自覚的に捉えられており、それは社会常識・教養であったと認知されていたと考えられている。[*5] しかし、近代化を図ろうとする当時の日本にあってあくまで必要であったのは漢学によって培われる学習の素地であり、知識として求められたのは洋学の素養であったことは言うまでもない。ところが、明治一二年(一八七九)三月に東京府第一中学校の正則科第七級乙に入学した漱石は、明治一四年(一八八一)に退学し、同年、漢学塾二松学舎の第三級第一課へ入学し専門的に漢学を学んでいるのである。こうした漱石の漢学指向は、言うなれば時流に反した行動であり興味深いものがある。以上のことからも、漱石を対象とした研究において、また漱石の文学作品の全容を把握する為にも、漱石が親しんだ東洋の学問・哲学に対する理解を深めることは重要な意味を持つものと言えまいか。ところで、これまで述べてきた漱石と漢学との関係であるが、これは、漱石と書道文化について考える上でも重要な要素の一つである。なおその点については、次の引用を参照としたい。

五山文学における漢文や漢詩文の探求は、中国から舶載された典籍の内容だけでなく中国の書法への需要と憧憬を増大させたのである。(中略)八代将軍吉宗の享保の改革によって長崎貿易の禁令が緩和されると、来泊した唐船がもたらした中国の文化は、知識人に貪欲に吸収されることとなった。長崎には明代の書風を能くした唐人達がやってきた。(中略)江戸時代の文化が爛熟する化政時代になると、儒者はさらに増加し、漢詩文を作り書すことは儒者・文人として最低限に必要な能力であった。儒学のための典籍は漢文であり、版本とはいえ中国の書法をもとに刻された文字を目にし書すことは、必然的に「唐様」への関心に結びついたのである。[*6]

と、漢学と書道文化の関係について青山由起子氏はこのように述べている。さて掲出の文中に登場した「唐様」という言葉であるが、これは書道史学において中国風の書風を意味する言葉であり、主に江戸期における中国宋代、明代、清代の書家の影響を受けた書風を指すものである。[*7]青山氏が述べるように、江戸幕府は儒学の思想を取り入れ武士階級の道徳意識の確立を図り、その文教政策の一環として文治主義をとり儒学を推奨した。そしてその影響により五山文学を中心とした漢籍の内容や書風に注目が集まったことが、江戸期における「中国各時代の書法を学びその影響を受けた書」、すなわち唐様の確立へと繋がったのである。江戸初期に徳川家康（一五四三―一六一六）により登用された林羅山（一五八三―一六五七）が、幕府の援助の下、上野忍丘に学問所と文庫を開いて以降、そのスタイルは諸大名の関心を惹き全国へ広まったのである。こうして、それまで五山文学の為の基礎知識であった漢学が、学問としての対象となったのであった。

このような時代にあって、承応三年（一六五四）に渡来した隠元をはじめとする黄檗僧がもたらした中国文化の中でも、彼らの書は唐様が確立するにあたり大きな影響を与えた。気迫と鋭さを備えた独特な書風は「黄檗流」と称され、御家流を中心とした和様書道が隆盛していた時代にあって大きな影響を与えたのだった。中でも独立性易（一五九六―一六七二）は渡来した黄檗僧において屈指の能書であり、唐様の確立者とされる北島雪山（一六三六―一六九七）に書法を伝えたという点においても注目しなくてはなるまい。雪山は肥後熊本藩の儒臣であり、独立から書法を授けられた後も中国書法の研鑽に励み、やがて独自の書風を確立した。江戸期を代表する文人の大田南畝（一七四九―一八二三）によれば、雪山の書は師である独立を凌駕するものであったとされ[*8]、雪山以降、門下生であった細井広沢（一六五八―一七三五）や、荻生徂徠（一六六六―一七二八）、頼山陽（一七八〇―一八三二）といった近世を代表する能書が儒学者から輩出されたことからも、唐様という書流の始原を雪山に求めることが今日の書道史における常套となっている[*9]。

こうした一連の過程により、「漢学を学ぶということは書を学ぶことである」と言っても、両者の密接な相互関係を考慮すればそれは決して過言ではあるまい。それゆえに、漢学を幼い頃より親しんだ漱石の書の基盤をそこに求めることができるとも言えまいか。本章においては、こうした漢学と書の相互関係を踏まえ漱石と漢学との関係について考察を試みたい。

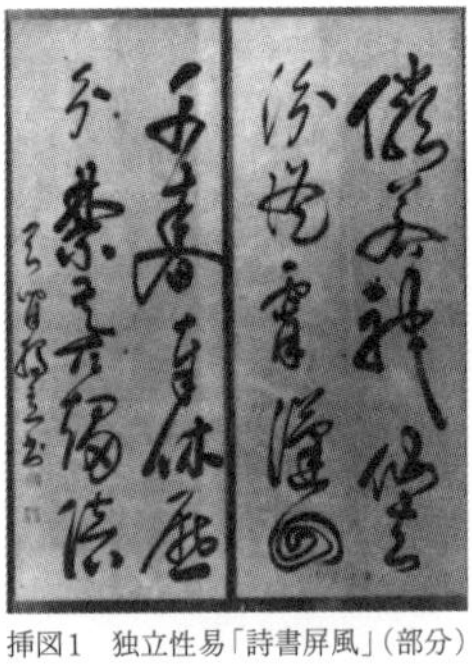

挿図1　独立性易「詩書屛風」（部分）

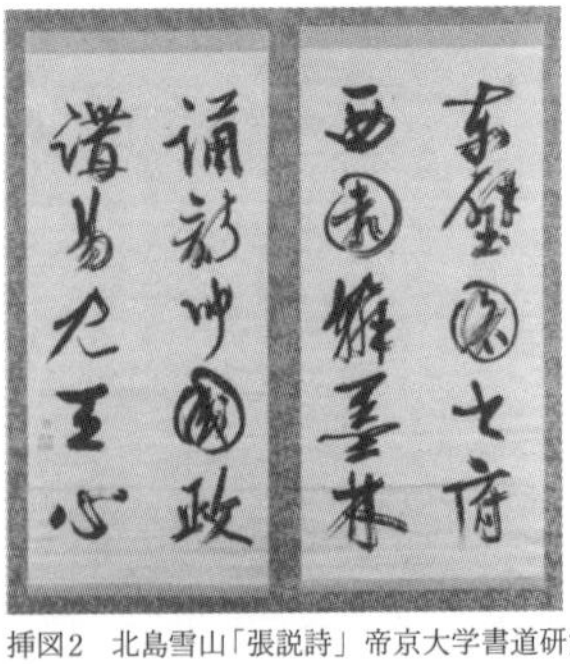

挿図2　北島雪山「張説詩」帝京大学書道研究所蔵

独立に師事した雪山の書には、黄檗流の影響が見えるが、掲出の「張説詩」からは、随所に文徴明といった明代の能書が持つ鋭さも感じられる。

第二節　漱石の文学作品の中に見る漢学と書

現在確認されている文献や先行研究において、漱石が幼少の頃に学んだ漢学の具体的な内容については判然としていないが、当時の漱石が強い漢学指向の持ち主であったことは先述した通りである。その一方で、漱石が漢学を学ぶ過程でどのように書を学んだのか、どのような法帖をテキストとして学書に臨んでいたのか、という点も判然とはしていない。しかし、そうした問題に際して考えるヒントを漱石の文学作品の中から見出すことができる。

健三は昔此男《むかしこのをとこ》につれられて、池《いけ》の端《はた》の本屋《ほんや》で法帖《ほふでふ》を買《か》つて貰つた事《こと》をわれ知《し》らず思《おも》ひ出《だ》した。たとひ一銭《せん》でも二銭《せん》でも負《ま》けさせなければ物《もの》を買《か》つた例《ためし》のない此人《このひと》は、其時《そのとき》も僅《わづ》か五厘《りん》の釣《つり》銭を取《と》るべく店先《みせさき》へ腰《こし》を卸《おろ》して頑《ぐわん》として動《うご》かなかつた。董其昌《とうきしやう》の折手本《をりてほん》を抱《かゝ》へて傍《そば》に佇立《たゝず》んでゐる彼《かれ》に取《と》つては其態度《そのたいど》が如何《いか》にも見苦《みぐる》しくまた不愉快《ふゆくわい》であつた。（「道草・十六」）

掲出は大正四年（一九一五）に刊行された小説『道草』の一節である。この作品は漱石がイギリス留学から帰国後、一高と東大の教壇に立つようになった明治三六年(一九〇三)から『吾輩は猫である』を執筆し作家として歩み出した明治三八年前後の間に起こった実体験をメインソースとした、漱石の文学作品における唯一の自伝的小説と位置づけられている作品である。物語の主人公である健三の大まかな遭遇が実際の漱石と符合することや、作品における主要な登場人物と実在のモデルとなったと推察される人物がほぼ正確に対応ないし照合できることからも、いわゆる自然主義作家の自伝小説とは区別しなければなるまい。

それでは以上の点を踏まえて掲出の場面に目を向けて見たい。登場人物は二人、「健三」は作品の主人公であり漱石その人である。「此男」とは作中における「島田平吉」のことであり、漱石の養父塩原昌之助がモデルとなっている。[*10] 描かれた内容は回想場面であり、この場面は漱石が夏目家から養子に出された間の実体験がモデルになっている可能性が考えられるが、ここで最初に注目しなければならないのは、健三が平吉(此男)から「董其昌の折手本」を買い与えられている点である。

董其昌(一五五五—一六三六)は、詩、書、画のいわゆる三絶に長じた中国明代末期の文人であり、その書は近世において儒学者達の中心的学書対象の一つであった。なお、享保一一(一七二六)年に細井広沢が著した『観鵞百譚』には、当時董其昌の書が流行し「天下悉く是に趨る」と、その様子が記している。[*11] こうした点からも、漱石が養父より董其昌の折手本を買い与えられた理由としては、鑑賞ではなくそれを学書のテキストとして用いる為であったことが考えられよう。なお、作中において掲出の回想場面は「昔」としか述べられておらず、いつ頃の出来事であるか判然としないが、漱石が塩原家で育ったのは二歳から九歳までのことであるから、掲出の場面は明治元年から明治八年までにおきたできごとであると推察できよう。ところで、さきほど董其昌の折手本は学書のテキストとして用いる為に買い与えられたと述べたが、これに補足すると、買い与えられた折手本は漢学塾における手習いのテキストとして用いる為に買い与えられた可能性が考えられる。手習い、つまり現在の学校教育における書写書道にあたる科目であるが、手習いは当時素読と並び漢学における初学者の必須科目であった。明治以降は「筆道」ないし「筆学」と呼ばれ、当時はそうした書を重点的に学習する漢学塾も存在している。[*12] ちなみに漱石は前に掲げた「正成論」を寄稿した回覧雑誌を編集していた島崎友輔の父、島崎酔山の開いていた漢学塾で学んでいたことがわかっている。島崎は漱石が夏目家へ戻り、浅草の戸田学校から新宿の市谷学校に転校した時の同級生であるから、『道草』における回想場面の時期とは一致しないものの、漱石の生い立ちを考慮すれば、漱石が養子先においても漢学塾へ通っていた可能性は十分考えられる。

こうした漢学塾における習字教育法については、江戸時代を代表する儒学者の一人貝原益軒(一六三〇―一七一四)が宝永七年(一七一〇)に著した『和俗童子訓』において詳しく述べている。益軒は『和俗童子訓』[*13]全五巻のうち、巻之四はその全篇にわた

挿図3 『道草』の回想場面とほぼ同時代、明治11年(1878)に刊行された董其昌「秣陵帖」の法帖。

り「手習い」に関する内容だけで占めており、その内容も筆の持ち方から墨の濃さに至るまで、教科書のように具体的に記されている。益軒が説いたカリキュラムを簡単にまとめると、まず「巻之三」において、手習いとは別に文字教育のカリキュラムとして、六歳から八歳までの間に仮名文字や行書・草書といった書体を「風体の正しい能書の手本」により学ぶべきであるとしている。そして、一〇歳頃からは師匠に従って本格的な学問を学ぶべきであるとし、手習いはそうした本格的な学問を学ぶ上での学習基盤を果たすものであるという考えを示している。次いで「巻之四」においては具体的な手習いの方法や学習論について述べているのでその一部を次に掲げておく。

手習法

古人、書は心画なり、といへり。心画とは、心中にある事を、外にかき出す絵《え》なり。（中略）故に書の本意は、只、平正にして、読みやすきを宗《むね》とす。是第一に心を用ゆべき事也。

書は、平正で、読み易いのを本意とする

凡（そ）字を書ならふには、真草共に先手本をゑらび、風体を正しく定むべし。風体あしくば筆跡よしといへども、なら（習）はしむべからず。初学より、必（ず）風体すなをに、筆法正しき、古への能書の手跡をゑらんで、手本とすべし。悪筆と悪き風体をならひ、一度あしきくせつきては、一生なをらず。後、能書をならひても改まらず。日本

初学から風体の正しい書を習わせる

人のよき手跡をならひ、世間通用に達せば、中華の書を学ばしむべし。しからざれば、手跡すすまず。唐筆をならふには、先草訣百韻、王羲之が十七帖、王献之が鵝群帖、淳化法帖、王寵が千字文、文徴明が千字文、黄庭経などを学ばしむべし。又、懐素が自叙帖、米元章が天馬賦などを学べば、筆力自由にはたらきてよし。*14

こうしたカリキュラムはあくまで益軒独自のものであり、このカリキュラムが明治初期の漢学塾における手習いのカリキュラムと符合するとは限らないが、これによると漱石が養子先で過ごした期間において、董其昌の折手本を用いて手習いの稽古に臨む段階にあったことも十分考えられることは留意しておきたい。

挿図4　王羲之「十七帖」(部分)

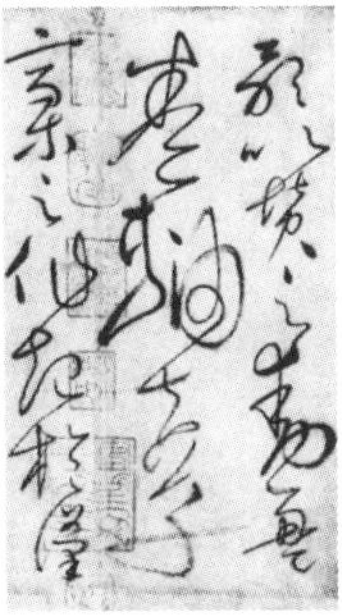

挿図5　懐素「自叙帖」(部分)

王羲之の「十七帖」、懐素の「自叙帖」は、それぞれ草書の基礎と応用の代表的名筆として学ばれる機会が多い。

さて、『道草』における回想場面は文中に「池の端」とあることから、舞台は現在の東京都台東区池之端であることがわかる。また漱石の養子先である塩原家の住居は浅草にあったが[*15]、こうした点も実は董其昌と漱石を結びつけるものであることに注目しなければなるまい。北川邦博氏は江戸後期から明治初期における董其昌書風の受容について次のように述べている。

（前略）そこで江戸時代の後半期には董其昌風が流行しはじめる。寛政・文化頃の江戸の中井董堂はその号からわかるように董其昌一辺倒の人であるが、董書のあくをすっかり洗いさり、江戸の町人の「いき」というものを書にしたら、このようなものになるのではないかという姿をしている。この風は江戸の下町に広く流行し、その弟子の松本董斎の書はさらに通俗的で、その流行は根強く、明治にまで及んでいる。明治になってもまた佐瀬得所などの董其昌風が広く行われた[*16]。

浅草や池之端はまさに北川氏が述べる江戸（東京）の下町である。こうした点からも、掲出の『道草』における回想場面は漱石の実体験がモデルになっている可能性が指摘できるであろうし、実際に漱石が董其昌の折手本を学書のテキストとして用いていた可能性も十分考えられる。

ところで、前掲の文章において北川氏は江戸後期から明治初期における董其昌書風の受容についても述べているが、その中で雪山以降の日本における中国書法の受容についても述べているので次に掲げておく。[*17]

雪山の門に学んだ細井広沢は文徴明風が王羲之以来の書法の正脈であるとして、その弘布流宣と他の流派の排撃とにこれつとめたため、文徴明風はかなり広く行われ、蘐園派の学者の中のややも書をよくするものは秋山玉山をはじめとしてほとんど文徴明風一色といってよいほどであった。

北川氏が指摘するように、広沢は自身の著作や手本を刊行しその書法を流布しており、[*18]こうしたことにより、文徴明（一四七〇―一五五九）の書は江戸期の唐様書道において大きな影響を与えた。当時清朝より輸入された書籍の記録には、[*19]文徴明の法帖が数多く含まれていたことが確認できることからもその影響の程を窺い知ることができるが、ここで注目したいのは北川氏が蘐園学派の学者の間における文徴明書風の影響を指摘している点である。

蘐園学派は荻生徂徠が提唱した「古文辞学」の流れを汲む学閥のことを指すが、そうした蘐園学派に連なる荻生徂徠の学問を漱石が特に好んでいたことは、漱石の書の基盤を考える上でも注目しなければなるまい。

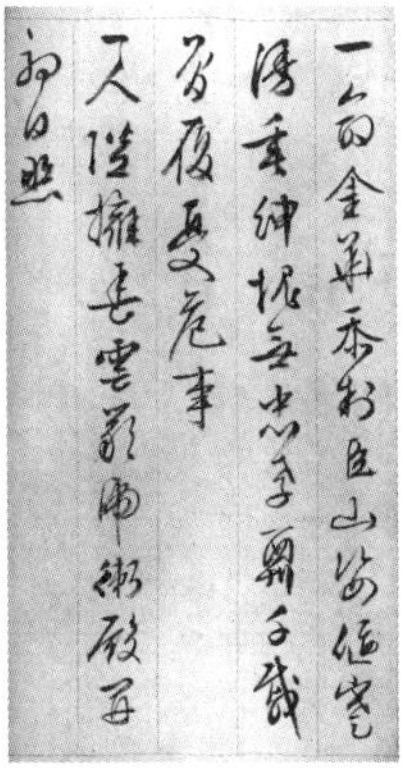
挿図6　文徴明「草書詩巻」（部分）

次に国文では太宰春台の『独語』大橋訥庵の『闢邪小言』などを面白いと思つた。何れも子供の時分に読んだものであるから、此所《こゝ》が何うの、彼所《あすこ》が斯うのと指摘していふことは出来ぬが、一体に漢学者の片仮名ものは、きち〳〵と締つてゐて気持がよい。
漢文では享保時代の徂徠一派の文章が好きである。簡潔で句が締つてゐる。安井息軒の文は今も時々読むが、軽薄でなく浅薄でなくてよい。また林鶴梁の『鶴梁全集』も面白く読んだ。（前略）一体に自分は和文のやうな、柔かいだら〳〵したものは嫌ひで、漢文のやうな強い力のある、即ち雄勁なものが好きだ。（中略）漢文も寛政の三博士以後のものはいやだ。山陽や小竹のものはだれてゐて嫌味である。自分は嫌ひだ。（「余が文章に裨益せし書籍」）

掲出は明治三九年に発表された「余が文章に裨益せし書籍」である。ここで漱石は、徂徠の門弟を代表する一人である太宰春台（一六八〇―一七四七）の『独語』と、そうした「徂徠一派」（蘐園学派）の文章を好んでいたという旨を述べている。なお、ここで漱石が述べているような教養はその文学作品にも反映されているものであり、[*20]「漢文も寛政の三博士以後のものはいやだ。山陽や小竹のものはだれてゐて嫌味である。自分は嫌ひだ」と、『草枕』における主人公の趣味として反映されているので留意しておく必要があるであろう。[*21]また、これに関連して次にもう一つ興味深い文章を掲げておく。

子供の時聖堂《ときせいどう》の図書館へ通つて、徂徠《そらい》の蘐園《けん》十筆を無暗に写し取つた昔《むかし》を、……（「思ひ出す事など・六」）

掲出は先程も引いた『思ひ出す事など』における一節である。この場面がいつ頃の回想なのかは判然としていないが[*22]、漱石が『蘐園十筆』の書写を行っていたという点は興味深い。『蘐園十筆』とは論語に関する様々な注釈書の諸説を徂徠がまとめたものであり、論語や漢籍についての知識と理解力を有さなければ判読が困難な書物である。なお、漱石が『蘐園十筆』の書写を行った当時は既に徂徠筆の『蘐園十筆』は残っていなかったとされている点には留意しておきたいが[*23]、前掲の北川氏の指摘を踏まえるならば、漱石が写した『蘐園十筆』は文徴明風に書写されていた可能性が高いと考えられよう。また、漱石が文徴明の法帖を所持していたことも蘐園学派の学問を好んだことと決して無関係ではないであろう[*24]。序論においても述べたが、漱石は高泉をはじめとした黄檗流の書を好んでいたのであるが、こうした漱石の書道観を考える上においても蘐園学派と黄檗宗の関係には注目しなければなるまい。

先述したように、江戸時代初期において幕府は政治や文化の中心に儒学（漢学）を設定し、それはやがて全国に儒学の思想が波及する結果となった。こうした儒学の影響が後に書道史における唐様の勃興につながったのであるが、一部の儒学者達は漢籍を中国語で学ぶ学問、唐話学へ眼を向けるようになったのであった。

日本では古から中国の古典を読む折に、「返り点」や「レ点」をつけて日本語の文章として読解、いわゆる「漢文」として享受してきた。その一方、あくまで中国人と同じように漢籍を学び、ネイティブの発音により素読することにこだわったのが荻生徂徠をはじめとした蘐園学派の人々や、黄檗宗の僧侶達であった。[*25] 日本における黄檗宗の起源は江戸初期における隠元の渡来に始まり、その後も続々と海を渡ってきた人々によって黄檗宗は徐々に日本へ普及していったのであるから、日本において入信した黄檗僧が唐話学へ関心を寄せるのはある意味当然と言えよう。こうした、徂徠や蘐園学派の門弟達が唐話学への関心を寄せるきっかけを作ったのが徳川五代将軍綱吉の側用人として知られる柳沢吉保（一六五八―一七一四）である。吉保は若い頃より中国語に関心を示し、黄檗僧の下で参禅を行った。渡来した黄檗僧の下での参禅、ないしコミュニケーションには中国語が必須であるから、吉保が唐話学へと関心を寄せたのは自然なことであろう。そうしたこともあり、儒臣であった徂徠や蘐園学派の門弟達の間では黄檗僧との交流が盛んとなり、その中で中国語の学習が行われるようになったのであった。[*26] 以上の点からも、蘐園学派の学問に親しんでいた漱石が、黄檗宗や黄檗の書に関心を寄せた可能性も考えられるだろう。漱石と黄檗の書の関係を考える上において、こうした徂徠や蘐園学派の学者と黄檗宗との関係にも留意すべきであろう。

さて、漱石の学書の環境を考える上においては、近世の儒学者や文人の学書傾向にも留意しなければなるまい。その点については中田勇次郎が詳しく述べているのでそちらを参考にしたい。[*27]

これらの法帖を学ぶ人々におのずから二つの傾向があった。その一つは晋唐の書を学ぶいわば旧派の人々であり、もう一つは元明の書を習う新派（※元明派）の人々である。※筆者補足

と、中田は近世の儒学者・文人の学書傾向を、王羲之に代表される晋唐の書を学ぶ旧派と、本稿において取り上げてきた董其昌や文徴明らの書を学ぶ元明派の、大きく分けてこの二つの傾向に分かれているという見解を示しているが、ここで注目したいのは、ここまで漱石との関係性が示されてきた元明派についてである。続けて中田は元明派について次のように述べている。[*28]

元明派は儒者の中に多く見られる。京都の儒学は古義堂伊藤家の仁斎、東涯らが大きい力となっていたが、その書はその古学の道義のためのもので、（中略）書の上からは必ずしも巧妙とは言えないところがあったが、一方江戸にあっては、荻生徂徠とその門弟の蘐園学派の人たちは、漢学では復古学を称え、その上に新しい古文辞と「唐詩選」をとりあげて、文は先秦、詩は盛唐の説を主張したように、書においても新しい傾向を追うにつとめた。徂徠は書においてもとくに関心がふかく、明の祝允明の草書を学んでわが国に新しい明人の草書の妙処をとり入れて新局面を開いた。その門下に出て「唐詩選」の注釈をなして世に広めたので知られている服部南郭なども明人風の草書にたくみであった。そののち大阪方面では趙陶斎、その門に学んだ十時梅崖、頼春水などみな祝允明風の草書をよくした。大阪、懐徳堂の中井履軒などもこの

たぐいである。

蘐園学派の儒者達が明代の書（文徴明は明代を代表する能書の一人）を進んで学んでいたことは北川氏の指摘にもあったが、中田が述べるところによると、江戸中期以降の儒者達の多くが元明派に分類されるというものである。中田の指摘が一概に当てはまるわけではなかろうが、唐様という一つのカテゴリーの中において、晋・唐時代の書と比較して、宋、元、明、清といった時代の書が好まれたことは確かなことであり、こうした儒者や文人の学書傾向が幼少期の漱石の学書に影響を与えているであろうことは想像に難くない。[*29]

さて、ここまで述べてきたような漢学と書道文化との関係は、漱石の文学作品の中においても確認することができる。漱石の小説『虞美人草』の中には、実に興味深い場面が描かれているので次に掲げておきたい。

「小野清三様」と子昻流にかいた名宛を見た時、小野さんは、急に両肱に力を入れて、机に持たした体を跳ねる様に後《うしろ》へ引いた。

（中略）良《やゝ》しばらく眺めて居ると今度は掌《てのひら》が六づ痒ゆくなる。一刻の安きを貪つた後《あと》は、安き思を、猶安くする為めに、裏返して得心したくなる。小野さんは思ひ切つて、封筒を机の上に逆《ぎやく》に置いた。裏から井上孤堂の四字が明かにあらはれる。白い状袋に墨を惜まず肉太に記《しる》した草字は、小野さんの眼に、針の先を並べて植ゑ付けた様に、紙を離れて飛び付いて来た（「虞美人草・四」）

掲出の場面は、作中における主要登場人物の一人である小野の下に恩師である井上孤堂から手紙が届く場面である。ここで注目したいのが、孤堂の手紙が「子昂流にかいた」、つまりは、中国元代の能書である趙子昂（一二五四―一三二二）風に揮毫されているという点である。井上孤堂は作中において、「胡麻塩交りの髯」を生やし人情や義を重んじる古風な人物として描かれている。また、孤堂という名前（おそらくは雅号と推察される）やその性格、趙子昂風の書風などからしておそらく漢学を修めた人物であることが考えられよう。これに対して、小野は東大で文学を専攻する学生であり、恩賜の銀時計を得た秀才である。つまり小野は明治期における近代教育を象徴する人物として考えられるだろう。後述するが、小野は価値観や理念の違いによって孤堂と衝突するのだが、そうした背景にある二人の教養の違いをこうした一文からも窺い知ることができる。ところで、この場面は小説に描かれた書が、物語における登場人物のディテールを読み解くヒントの一つとなっており、漱石の文学作品に描かれた書が果たす効果、役割等を考える上においても興味深い一節である。また、前掲の文中に、「裏から井上孤

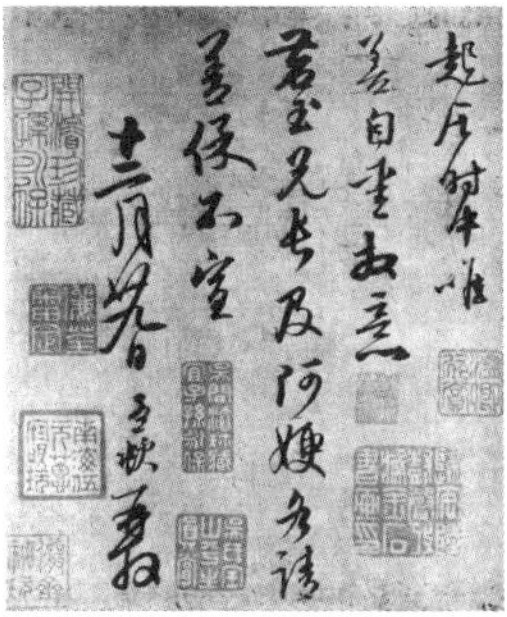
挿図7　趙子昂「尺牘」（部分）

堂の四字が明かにあらはれる。白い状袋に墨を惜まず肉太に記した草字は、小野さんの眼に、針の先を並べて植ゑ付けた様に、紙を離れて飛び付いて来た」という場面が描かれているが、小野はまさに孤堂という名前とその筆跡によってその人の性格や人柄を連想しているのであろう。これはまさに「書は人なり」という、文字にはそれを書いた人物の人格が表出するという古来より日本や中国に伝わる格言を反映していると言えまいか。

さて、『虞美人草』では功利と道義の対立が描かれており、[*30]こうした問題は明治期において西洋文明を受容した日本が抱えた問題の一つとして漱石も作品の中で取り上げたものである。[*31]孤堂という人物は、漢学を修めた旧来の価値観や理念を有する作中における道義を象徴するような人物である。これに対し、小野は孤堂の一人娘の小夜子と婚約同然の間柄でありながら、裕福な家庭の娘である藤尾の誘惑に惑わされ小夜子の存在を次第にうとましく思うようになるなど、作中における功利を象徴するような人物として描かれている。このように作中における道義と功利の対立は孤堂と小野の性格の違いにも表れていると考えることができるであろう。そして、漱石が孤堂の筆跡を趙子昂風というように具体的に描いた理由も、そうした道義の象徴たる孤堂のキャラクターを読者に印象づけるための効果をねらったものであると考えられるのではないだろうか。中田の解説にもあったように、趙子昂の書は近世において漢学者達の学書基盤として尊重されており、漱石もまた趙子昂の法帖を所持していたことからも、[*32]その筆跡に関心を有していたであろうことが窺える。こうしたキャラクターを構成するポイントの一つを見ても、漱石と書道文化との関係には漢学が深く影響していると考えられるであろう。

第三節　漱石の漢学志向と日本人としての自意識

漱石は東京府第一中学校の正則科第七級乙に入学した後にそこを退学し、漢学塾二松学舎（現二松学舎大学）へ入学して漢学を専門的に学んでいる。二松学舎は、明治一〇年（一八七七）に漢学者三島中洲（一八三一―一九一九）が開いた私塾である。漱石が二松学舎に在籍した期間は一年弱と短い期間ではあるが、この期間は漱石が生涯において最も専門的に漢学を学んだ時期であり、漱石が二松学舎で学んだ中国文学や思想の素養は漱石の文学作品を研究する上においても重要な要素であると言えよう。そして、漱石と書道文化について考える上においても、二松学舎が近代書道史において果たした役割には注目しなければなるまい。

二松学舎大学は、書道専攻の課程を設置する数少ない大学であり、卒業生の中には書家や研究者として活躍する者も少なくはない。例えば、日下部鳴鶴の門下で、学書における古典の臨書に新たな解釈を導入し、現代書道において大きな影響をもたらした比田井天来（一八七二―一九三九）、天来の門下で、日本における前衛書の第一人者である上田桑鳩（一八九九―一九六八）、淡墨を用いた独自の書表現などにより書壇の一時代を席巻した鈴木翠軒（一八八九―一九七六）など、これらの人物はみな二松学舎の卒業生である。桑鳩については、書を学ぶ上で漢籍の教養が必要であるとの天来の意向の下に二松学舎へ入学しており、天来もまた鳴鶴門下へ入った後に二松学舎へ入学している。近代以降日本中で盛んに建碑が行われ、その多くを揮毫した鳴鶴であるが、その際、鳴鶴が揮毫する文章の撰文を一〇〇基以上勤めているのが三島中洲である。鳴鶴は大正六年（一九一七）に刊行された『中洲文稿』に序文を寄せていることからも、両者の間には深い交遊があったものと推察されよう し、天来の二松学舎入学も鳴鶴の意向があったと考えられよう。とまれ、こうした点からも近代における書と漢学の、二松学舎と書道文化との密接な関係が窺えよう。[*33]

このようなことからも、漱石と書道文化との関係を考える上において、漱石が二松学舎に在籍していたという事実は見過ごすことができない。ところで、漱石が二松学舎に在籍していた当時はどのようなカリキュラムが用いられていたのであろうか。『二松学舎百年史』[*34]によると、当時の二松学舎のカリキュラムは、第三級から第一級まで分けられており、初歩を学ぶ第三級第三課から上級的な内容を学ぶ第一級第一課まで九段階の授業が行われていた。また半期に一課ずつ課程を修了するシステムが採られており、入学希望者はその実力に応じた課程から学習をスタートさせていたようである。漱石が二松学舎へ入学した時は三級第一課の課程へ割振られていることからも[*35]、漱石が二松学舎入学以前から漢学の初歩を修めていたことが窺える。前掲のカリキュラムに目を通して見ると、どうやら書を学ぶ科目は存在していなかったようである。しかし、『二松学舎百年史』によると各課程において詩や文章は共通科目として存在していたようであり、さすればおのずと近世の漢学者達のように、自詠の漢詩を揮毫するためにも書に関心は向くものであろうし、二松学舎の塾生達は漢学に付随する形で書と接していたであろうと推察される。漱石もまたそうした環境の中に身を置いたわけであるから、書に対して全く無関心であったとは言い難いのではなかろうか。

さて、漱石は明治三三年(一九〇〇)に政府よりイギリス留学を命じられ、その年の一〇月から明治三五年(一九〇二)の一二月までの二年あまりの間をイギリス・ロンドンで過ごした。漱石はこの留学中にロンドンで目の当たりにした近代国家の実情、そして盟友正岡子規の死などの様々な要因が重なり、留学の後半は神経衰弱に苛まされた。そうした漱石の頭を悩ましたものの一つが「文学」についての問題である。それは東京帝国大学英文科入学当初より抱き続けてきた疑念であったのだが、そのことが、漱石が帰国後に著した『文学論』において詳しく記されている。

> 余は少時好んで漢籍を学びたり。之を学ぶ事短かきにも関らず、文学は斯くの如き者なりとの定義を漠然と冥々裏に左国史漢より得たり。ひそかに思ふに英文学も亦かくの如きものなるべし、斯の如きものならば生涯を挙げて之を学ぶも、あながちに悔ゆることなかるべしと。余が単身流行せざる英文学科に入りたるは、全く此幼稚にして単純なる理由に支配せられたるなり。(中略)
>
> 卒業せる余の脳裏には何となく英文学に欺かれたるが如き不安の念あり。(中略)

翻って思ふに余は漢籍に於て左程根底ある学力あるにあらず、然も余は之を充分味ひ得るものと自信す。余が英語に於ける知識は無論深しと云ふ可からざるも、漢籍に於けるそれに劣れりとは思はず。学力は同程度として好悪のかく迄に岐かるゝは両者の性質のそれ程に異なるが為めならずんばあらず、換言すれば漢学に所謂文学と英語に所謂文学とは到底同定義の下に一括し得べからざる異種類のものたらざる可からず。（「文学論・序」）

と、このように漱石は幼い頃から親しんできた漢文で言うところの文学と、イギリスで学んだ文学とが全く異なるものであることについて頭を悩ませていたのである。漱石がイギリスで学んだ文学というのは、後の漱石の文学作品等にも登場するシェイクスピアの戯曲やシェリー等の浪漫派の詩であり、それらを学理的に探究するものである。しかし、漱石にとっての文学とは、いわゆる儒学を中心として政治や道義について考える哲学的なものであった。それは漱石自身が「文学は斯くの如き者なりとの定義を漠然と冥々裏に左国史漢より得たり」、つまりは中国の史書より得たと述べていることからも明らかであろう。[*36] このようなことからも、漱石の価値観や認識において漢学が与えた影響を窺い知ることができるのである。

また、こうした点は他の漱石の作品から読み解くことができる。漱石は留学中、ロンドン大学へ通い講義を聴講するとともに、シェイクスピアの研究者であるウィリアム・クレイグの個人授業を受けている。クレイグについては明治四二年（一九〇九）より『朝日新聞』に連載された掲載作品を収録した『永日小品』所収の「クレイグ先生」において詳しく描かれているのだが、その中に次のような一節がある。

先生《せんせい》は時々《ときぐ》手紙《てがみ》を寄《よ》こす。其《その》の字《じ》が決《けっ》して読《よ》めない。尤《もっと》も二三行《ぎやう》だから、何遍《なんべん》でも繰返《くりかへ》して見《み》る時間《じかん》はあるが、どうしたつて判定《はんてい》は出来《でき》ない。（中略）から云《い》ふ字《じ》で原稿《げんかう》を書《か》いたら、どんなものが出来《でき》るか心配《しんぱい》でならない。先生《せんせい》はアーデン・シエクスピヤの出版者《しゆつぱんしや》である。よくあの字《じ》が活版《くわつぱん》に変形《へんけい》する資格《しかく》があると思《おも》ふ。先生《せんせい》は、それでも平気《へいき》に序文《じよぶん》をかいたり、ノートを附《つ》けたりして済《すま》してゐる。（「クレイグ先生・下」）

と、このように漱石はクレイグの筆跡の汚さについて触れている。この点については明治三三年一一月二一日付の日記に「目茶苦茶ノ字ヲカキテ読ミニクシ」と綴っていることからも確かなことであろう。なお、「アーデン・シエクスピヤ」とはイギリスにおけるシェイクスピア全集の一種であり、その全集に関わる人物であるから、クレイグは英国においても業績が認められた研究者であったのであろう。それほどの人物にも拘わらず筆跡が汚いという点を漱石が気にしているのは、やはり漱石が「書は人なり」という認識を有していたからではなかろうか。この他にも『文学論』には次のような一節が描かれている。

倫敦に住み暮らしたる二年は尤も不愉快の二年なり。余は英国紳士の間にあつて狼群に伍する一匹のむく犬の如く、あはれなる生活を営みたり。（中略）清らかに洗ひ濯げる白シャツに一点の墨汁を落したる時、持主は定めて心よからざらん。墨汁に比すべき余が乞食の如き有様にてヱストミンスターあたりを徘徊して、人工的に煤烟の雲を漲らしつゝある此大都会の空気の何千立方尺かを二年間に吐呑したるは、英国紳士の為めに大に気の毒なる心地なり。（「文学論・序」）

漱石はイギリス留学時、生活様式の相違や東洋人に対するイギリス人の蔑視、または体格差など、イギリスにおいて次第に自分自身に対してコンプレックスを抱くようになる。漱石はこうしたコンプレックスを集積させていき、それらの背景にある根源的な違和感や存在論的不安を斟酌するのであった。[*37] 留学中の漱石の日記には度々「白シャツ」という言葉が登場するが、『坊つちゃん』に登場する「赤シャツ」のように、後の小説等の文学作品にも、こうした服装について言及される場面は多く描かれている。なお、衣服については『吾輩は猫である』の中で猫が次のように述べている。

衣服は斯の如く人間にも大事なものである。人間が衣服か、衣服が人間かと云ふ位重要な条件である。人間の歴史は肉の歴史にあらず、骨の歴史にあらず、血の歴史にあらず、単に衣服の歴史であると申したい位だ。（「吾輩は猫である・七」）

つまり、漱石にとって衣服とは国民性そのものであり、国の歴史を象徴するものであるという認識であったのだろう。なればこそ、「白シャツ」はイギリスないし、西洋文明生活の象徴として漱石は認識していたのではなかろうか。[*38] ここで注目したいのは、そうした白シャツに対して漱石が「墨汁を落としたる時」、または自身に対して「墨汁に比すべき余が乞食の如き有様」という比喩を用いている点である。漱石が留学中に筆を使って筆記を行ったという記録は確認されておらず、また中村不折のように海外においても臨書を行ったという記録も残されていない。つまり、漱石は書道文化の存在する国にしかない「墨汁」を、自身をふくめた東洋文化圏の象徴として「白シャツ」という西洋文明の象徴と対比させたのではなかろうか。

クレイグ先生の筆跡や前述の墨汁の件など、イギリスへ留学した漱石がこうしたことを自覚したのは、それまでの自身が学んできた漢学を通しての認識や価値観であり、帰国後も「墨汁」のような書道文化の存在する国にしかないものを用いて、日本と西洋の文明を対比させ、それらを再確認したのであろう。これらの言葉は、いずれも異国の環境の中において、その文化を学ぶ中で、自己のアイデンティティーを保とうとした漱石が帰国後に発した言葉である。前述したように、漱石は日本人としての強い自意識を貫き通し、故に、西洋文明という巨大な存在と向き合ったことで自身の心をすり減らした。漱石の傷つけられた自意識、自覚したコンプレックス、これらは夏目漱石という近代日本を代表する知識人だからこその問題だったのかもしれないが、そうした時期に執筆された文章の中に書道文化を連想させる言葉が用いられているということは、それが漱石のパーソナリティーを象徴する存在であったからなのではないだろうか。

第四節　小結―学書基盤から見る漱石の書道観―

漱石は文学作品等において書道文化にまつわる記述を数多く残しているが、漱石が取り上げる対象の多くが中国書道史や、日本の近世から近代にかけての書道史の範疇のものであり、唐様と対をなし、日本独自の書を示すいわゆる和様書道に関する記述はわずかなものである。こうした傾向からも、漱石が書に対してどのような認識を持っていたのか、あるいはその嗜好といった、言うなれば漱石の書道観とも言うべきものが見えてくるだろう。さて、本棚は時として持ち主の趣味や嗜好の顕現した存在に例えられることがあるが、漱石の場合はどうであろうか。漱石が生前所有していた旧蔵書や日記・ノート原稿等の自筆資料、その他漱石関係資料等は「漱石文庫」として昭和一八年(一九四三)より東北大学付属図書館に収蔵されている。その一覧は『漱石全集』や東北大学付属図書館が公表しているデータベース等において確認することができるが、それに目を通すとその中に書道関連書籍が数多く含まれていることに気が付く。残念ながら、筆者は実見調査を行うことができていないため詳細は判然としないものの、参考までに書名から推察することができる書道関連書籍を拾遺すると次の書籍を掲げることができる。

拓本類

『石鼓文』／『孔廟礼器碑』／『曲阜孔子廟碑』／『王右軍興福寺大雅集』／『袞公之頌』／『沂州普濟寺碑』／『魏故袞州賈使君之碑・魏故南陽張府君墓誌』／『篆刻鍼度』

法帖・印刷物類

『草書韻会』／『古今和歌集序』／『草彙』／『雑字類編』／『秦漢瓦当図』／『古今楹聯彙刻』／『顔魯公墨蹟』／『三十帖冊子』／『唐大宋皇帝御書温泉銘』／『大唐三蔵聖教序』／『楊星吾楷書千字文』／『書苑』／『懐素草書千字文』／『書譜』／『宋拓秀堂帖』／『文徴明草書千字文』／『先哲書影』／『定武蘭亭』／『一茶遺墨鑑』／『白隠和尚遺墨集』／『書家自在』／『草字彙』／『赤壁賦』／『談書会誌』／『書画研究法』／『清道人節臨六朝碑』／『李梅菴先生臨法帖』／『王右軍書記』／『趙子昻楷行艸帖』／『広沢先生唐詩帖臨摹』／『広文字会宝』／『文徴明城居帖』／『甲州堂帖』／『蘇氏印略』／『略可法』／『増訂草露貫珠　巻之一』

こうして見るとやはり中国書道に関連する書籍が多い点に注目できるが、『談書会誌』や『書苑』といった当時日本国内で刊行されていた書道雑誌も確認できることから、漱石が書道に関する最新の情報をリアルタイムで入手しようとしていた様子が窺える。さて、こうした漱石の書道観を考えるにあたり「東洋美術図譜」[*39]において漱石が述べている日本文学に対する価値観に注目したい。漱石は「東洋美術図譜」において、自らの立場は英文学者であるとはっきりと述べた上で、自身が研究対象として扱うシェイクスピアなどの英文学作品と比較して、『源氏物語』のような古典文学や、井原西鶴（一六四二―一六九三）や近松門左衛門（一六五三―一七二五）の人形浄瑠璃などは評価に値しないと述べている。漱石は『文学論』において、自らの文学に対する定義は漢学によって定められたと述べ、イギリスで学んだ英文学に対して違和感を覚えた人物である。なればこそ、漢学に付随する形で幼い頃より書に触れてきた漱石は、唐様やその影響を受けて発展した近世の書、そして中国書道の領域に関心を寄せていたのだとは考えられまいか。

序論において述べたように、漱石の文学作品と東洋や西洋の美術との関係についてはこれまで盛んに研究が行われてきたのであるが、漱石と書道文化との関係について考察を重ねていく中で、それらと漱石との関係性を語る上での共通点が浮かび上がってきた。ここではそうした点を明確にするためにも、美術史学の観点から見た漱石像にも触れておきたい、古田亮氏は漱石と美術の関係について次のように述べている。[*40]

漱石の美術体験は、この少年期のごく日常的なところにはじまるが、それが特別な展開、たとえば専門的な美術史の研究を行うなどという展開にはならなかった。日本や中国美術に関する漱石の関心のあり方は、一般的な趣味の範囲を出るものではなかったと言ってよい。

一方、西洋美術に関する接し方には、やや特殊な面がある。というのは、漱石が自ら選んだ英文学という学問の領域と結びつくかたちで自覚的に吸収していったのが西洋美術だと言えるからである。その知識は、英文学の研究上文献的に蓄積されていったものであるが、およそ二年に及ぶロンドン留学の際に実際に見聞きしたところが大きい。ロンドンに着く前に立ち寄ったパリでは折しも一九〇〇年のパリ万博が華やかに開催されており、ヨーロッパ美術の精華を堪能した漱石は、ロンドン留学中も足繁く美術館や博物館を訪れルネサンス以降の古典名画から一九世紀のラファエル前派まで、作品を見ることによって集中的に西洋美術を学んでいる。

帰国後の漱石は、東京帝国大学で教鞭をとりながら『文学論』を準備する研究者としての活動と、明治三八年(一九〇五)一月に『吾輩は猫である』を発表して以降は作家としての活動も活発化する。実はこの両面において、漱石の美術世界は大いなる広がりの気配を見せている。『文学論』および続く『文学評論』では、ラファエロ、W・ホガース、リチャード・ウィルソン、レイノルズ、ゲインズボロ、そしてJ・M・W・ターナーに言及し、一方の『吾輩は猫である』では初回からイタリアの画家アンドレア・デル・サルトが引き合いに出されている。つまり、英国から帰国後の研究、作家生活のなかで、漱石にとって美術はもはや趣味としての存在などではなく、自己表現にとって重要なものとして意識されていたであろう。

漱石にとっての書とは、西洋美術と同様の接し方と近いものであり「漢学という学問の領域と結びつく形で自覚的に吸収していった」という側面が大きいことはここまで述べてきた通りである。古田氏の指摘を参考にすると、漱石が「書」に向けていた関心というものは、日本や中国美術への関心のあり方よりも西洋美術との接し方と近い性質のものであるとは言えまいか。

これまでの書道史分野の先行研究において、漱石の書に関しては晩年の良寛風の書作品や扁額の作品に注目が集まることが多く、ここまで述べてきたような学書基盤や書道文化との接し方などについてはあまり触れられてこなかった。確かに、現存する漱石の晩年の書作品は芸術的な要素が強い一方で、若い頃の遺墨は書簡など実用的な書が多いのも事実であるが、晩年に至るまでに形成されていった漱石の書道観に漢学と書との相互関係が影響していることはこれまで触れられてこなかった点であろう。

以上のことから本章で述べてきたことは漱石の書道観の根底に関わる重要な要素であると同時に漱石と書道文化との関わりを考える上において必要不可欠のポイントと位置付けられるものと言える。

1 代表的なものとして、佐古純一郎「夏目漱石と陽明学」(『夏目漱石論』審美社、一九七八所収)などが挙げられる。
2 青木玉『記憶の中の幸田一族 青木玉対談集』(講談社文庫、二〇〇九)を参照。
3 柴田宵曲『評伝 正岡子規』(岩波文庫、二〇〇七)を参照
4 前田愛『音読から黙読へ―近代読者の成立―』(『前田愛著作集第二巻 近代読者の成立』筑摩書房、一九八九所収)一三一頁。
5 蔵原三雪「洋学学習と漢学教養―幕末維新期の学問動向のなかで」(幕末維新期漢学塾研究会・生馬寛信編『幕末維新期漢学塾の研究』、渓水社、二〇〇三所収)等を参照。
6 青山由起子「江戸時代における『御家流と唐様』―「書体」というメディアの情報伝達」(『表現文化研究』第一巻 第二号 神戸大学表現文化研究会、二〇〇二所収)五四頁。
7 島谷弘幸「唐様の書 江戸時代における中国文化の受容」(『唐様の書』東京国立博物館、一九九六所収)を参照。
8 『日本随筆大成新装版別巻四 一話一言 四』(吉川弘文館、一九九六)を参照。
9 小松茂美『日本書流全史』(講談社、一九七〇)や、中田勇次郎「江戸時代の書道と唐様」(『中田勇次郎著作集第六巻』二玄社、一九八五所収)など、主たる先行研究において雪山を唐様の第一人者と位置付けており、近年の『日本書道文化の伝統と継承―かな美への挑戦―』(求龍堂 二〇一六)においても同様の見解が示されている。
10 鷹見安二郎「『道草』の背景―漱石の養父、塩原昌之助―続―」(『世界 二一六』岩波書店、一九六三所収)を参照。
11 細井広沢『觀鵞百譚』(西川寧編、『日本書論集成第三巻』汲古書院、一九七八所収)を参照。
12 神辺靖光「幕末維新期における漢学塾―漢学者の教育活動」(幕末維新期漢学塾研究会・生馬寛信編『幕末維新期漢学塾の研究』渓水社、二〇〇三所収)を参照。
13 貝原益軒『和俗童子訓』(『養生訓・和俗童子訓』岩波文庫、一九六八所収)を参照。
14 前掲13、二五四頁―二五五頁。
15 荒正人『漱石研究年表』(集英社、一九八四)及び『漱石全集第二十七巻』(岩波書店、一九九七)に収録された年譜を参照。
16 北川博邦「明代の書と黄檗流と近世唐様書道について」(『墨 六三号』芸術新聞社、一九八六所収)七一頁。
17 前掲16、七〇―七一頁。

18 代表的な著作として前掲11の『観鵞百譚』などが挙げられ、漱石も広沢の法帖(後世刊行されたと思われる)『広沢先生唐詩帖臨摹』を所持していた。
19 『商船舶載書目』における宝暦十二年から寛政十一年のころに輸入された文徴明の法帖の一覧(小松茂美『日本書流全史』講談社、一九七〇所収)を参照。
20 柳田泉は『虞美人草』について「あれを書くときに漱石は、その前にシナの『文選』という本を三ぺん読んだという。」(『座談会明治文学史』岩波書店、一九六一)と語っている。
21 『草枕』において、登場人物達が山陽や徂徠をはじめとした近世を代表する能書達の書について意見を交わす場面が描かれている。そこでは「余が文章に裨益せし書籍」とほぼ同様の評価が下されている。
22 今西順吉『漱石文学の思想 第一部 自己形成の苦悩』(筑摩書房、一九八八)においてこの場面は漱石が中学校を退学してから二松学舎へ入学するまでの間のできごととし、およそ明治十三年前後のこととしている。
23 吉川幸次郎『漱石詩注』(岩波書店、一九六七)を参照。
24 『漱石全集第二十七巻』(岩波書店、一九九六)所収「漱石山房蔵書目録」には『文徴明城居帖』、『文徴明草書千字文』を確認することができる。
25 石崎又造『近世日本に於ける支那俗語文学史』(清水弘文堂書房、一九六七)を参照。
26 大庭脩「近世清時代の日中文化交流」(大庭脩・王暁秋編『日中文化交流史叢書1 歴史』大修館書店、一九九五所収)を参照。
27 中田勇次郎「江戸時代の書道と唐様」(『中田勇次郎著作集第六巻』二玄社、一九八五所収)一七〇頁。
28 前掲27、一七一頁。
29 『唐様の書』(東京国立博物館、一九九一)を参照。
30 作中における主要登場人物の一人である甲野欽吾の日記において説かれる哲学は同様のテーマであり、作中においてはその日記が物語の最後に附されている。
31 代表的なものとして「現代日本の開化」(『漱石全集第十六巻』岩波書店、一九九五所収)などが挙げられる。
32 『漱石全集第二十七巻』(岩波書店、一九九六)所収「漱石山房蔵書目録」を参照。
33 源川彦峰「二松学舎と近代書道」(『二松學舍大學論集五一号』、二〇〇八)を参照

34　二松学舎百年史編集委員会編『二松学舎百年史』（二松学舎、一九七七）を参照。
35　前掲15を参照。
36　小森陽一『漱石をよみなおす』（岩波現代文庫、一九九五）を参照。
37　石井洋二郎「右往左往する一寸法師―ロンドンまでの漱石」（『國文學第五一巻三号　世界文明と漱石』學燈社、二〇〇六所収）を参照。
38　平川祐弘『夏目漱石　非西洋の苦悩』（講談社学術文庫、一九九一）を参照。
39　「東洋美術図譜」（『漱石全集第十六巻』岩波書店、一九九五所収）を参照。
40　古田亮「夏目漱石の美術世界」（『夏目漱石の美術世界』（東京新聞／NHKプロモーション、二〇一三所収）二三頁。

〔挿図出典〕

挿図1：『唐様の書』（東京国立博物館、一九九六）
挿図2：帝京大学書道研究所・帝京大学総合博物館企画編集『日本書道文化の伝統と継承―かな美への挑戦―』（求龍堂、二〇一六）
挿図3：国会図書館デジタルコレクションhttp://dl.ndl.go.jp/info:ndljp/pid/853208
挿図4：『書跡名品叢刊二一　東晋　王羲之　十七帖二種』（二玄社、一九五九）
挿図5：『書跡名品叢刊二七　唐　懐素　自叙帖』（二玄社、一九六〇）
挿図6：『書跡名品叢刊一一三　明　文徴明　離騒／九歌／草書詩巻他』（二玄社、一九六三）
挿図7：『書跡名品叢刊八三　元　趙子昂玄妙観重修三門記他』（二玄社、一九六二）

第二章　漱石と王羲之

第一節　日本文化と王羲之

書を幼少よりよくし、その生涯において、楷・行・草の書体を芸術の域まで高め完成させた王羲之は、中国、日本において書聖として書道史上最も尊重されてる人物の一人である。羲之の書は在世中より尊重され、当時の王侯貴族をはじめ、唐代においては太宗皇帝（五九八―六四九）が傾倒しその筆跡を広く収集したこともあって、王羲之書法は大いに隆盛し後世の書に大きな影響を与えた。日本においては、平安時代の史書『扶桑略記』の天平勝宝六年（七五四）正月一六日の記事に、鑑真（六八八―七六三）の渡来（七五三年）とともに王羲之書法が伝わったと記されている。その後も日本に王羲之書法は数多く伝来し、平安時代の三筆、三蹟によって完成された和様書道にも、その基盤として大きな影響を与えたのである。近世以降も、中国より王羲之をはじめとした多くの名筆の法帖が輸入され、王羲之書法は書の規範として尊重されるようになったのであった。[*1]

ところで、『万葉集』の巻第三には次のような興味深い和歌が収められている。[*2]

印結而　我定義之　住吉乃　濱乃小松者　後毛吾松

（標結ひて　吾が定めして　住吉の　濱の小松は　後も吾が松）

ここで注目したいのが掲出の和歌に見られる「義之」という言葉である。なお、『万葉集注釋巻第三』では「義之」について次のような注釈がつけられている。[*3]

「義之」は「結大王《ゆひてし》」（七・一三二一）や「織義之《おりてし》」（十・二〇六四）などテシと訓むべきところに用ゐられており、それについて『玉の小琴』に、「支那の王羲之は古今に並びなき書の名人であり、手師《てし》の意で「義之」と書いたのを「羲之」と誤ったのであり、「結大王《むすびてし》」（七・一三二一）「定大王《さだめてし》」（十・二〇九二）などの「大王」は王羲之の子献之も手かきとして有名であつた爲に父子を大王、小王と呼び、その意味で大王も羲之と同じように用ゐられたのである」（文中『』筆者付記）

と、王羲之の存在が『万葉集』においても確認できることは注目すべきであろう。『万葉集』の成立年については判然としないものの、七世紀後半から八世紀後半頃までに詠まれた和歌を集めて編纂されていることからも、王羲之書法は伝来してから程なくして日本文化の中に根差したと考えられよう。この他にも、王羲之の書を臨書したものが正倉院に残されており、また、双鉤填墨の唐時代模本として「喪乱帖」（宮内庁蔵）や「孔侍中帖」（前田育徳会蔵）などが現存することなどから、当時における王羲之尊重の程を窺い知ることができる。同時に、王羲之の存在は日本文化の根幹にも関わる重要な要素の一つであるという認識が芽生えるのである。

以上のことからも、漱石が文学作品の中において度々王羲之を取り上げている点は、本論のテーマを考える上においても極めて重要な問題であると言えよう。王羲之への関心は近代以降も日本の書道文化の根幹に存在し、「美術の書」、「日常の書」といった、書に関するあらたな概念が生まれた中にあっても、その存在は揺るぎないものであった。当時、六朝書風の作品を発表した中村不折も、王羲之の書に強い関心を抱いており、その法帖や拓本を数多く蒐集したのである。それゆえに、漱石が作中において王羲之に対する批評や自らの意見を述べていることに注目することができよう。近代日本を代表する知識人の眼に王羲之の書はどのように映っていたのか。本章では漱石が王羲之について記述・言及しているものを『漱石全集』の中から拾遺し、それらを考察することにより「漱石の王羲之観」を浮き上がらせ、近代以降の日本における書についての解明の一助としたいと思う。

第二節　漱石と王羲之書法

前章において述べたように漱石の書の基盤を形成しているのは唐様であり、漱石はそれを漢学という学問の領域と結びつく形で自覚的に吸収していったのである。ところで、漢学の領域において王羲之の書を学書基盤とすることは当時マイノリティーであったのであるが、これはあくまでも唐様という近世の日本書道史における一大系の視点から見た場合の話である。近世から幕末において、書風は主に唐様と御家流[*4]（和様）の二極化の中にあった。その中で当時を代表する能書というと、北島雪山に始まり幕末三筆にいたるまで唐様の人物が多いのであるが、比率の上から見たら和様を学んだ人口が多数であることには留意しなければなるまい。[*5]そして、そうした和様書道において王羲之の書は尊重されてきた存在であり、[*6]当時においても王羲之の書はおおいに尊重されていたものであると考えても問題はあるまい。

それでは以上の点を踏まえつつ話を進めていきたいと思う。詳しくは後述するが『漱石全集』おいて漱石が王羲之書法に触れたであろうことが確認できる最も早いものが、二九歳の頃のものと五〇年の生涯において比較的遅い時期のものである。なお、第一章において引いた漱石文庫における書道関連書籍（七三頁参照）の中から王羲之に関係したものを取り上げると次のようなものが掲げられる。

『王右軍興福寺大雅集』／出版年不明
『王右軍書記』／明治四三年
『大唐三蔵聖教序』（集字聖教序）／明治四四年
『定武蘭亭』（宋・姜夔書　中村不折書き入れ）／大正二年

またジャンルは異なるが、漱石文庫の中には王羲之の漢詩集『晋王右軍集』[*7]なども確認することができる。こうした点に関して、文展・二科会等で活躍し漱石の出版作品等の装丁を手掛けた画家・津田青楓（一八八〇―一九七八）は「漱石先生と書画道」[*8]において次のように述べている。

先生は羲之でも顔真卿でも有名な拓本は一と通り集めて鑑賞されて居つた。良寛の云ふ何でも玄人嫌ひな人ではあつたが、然し単純に玄人が嫌ひと云ふのではなく、玄人の法則に拘泥した仕事が嫌ひで、専門家はどこまでも尊敬される人だつた。

津田が述べるように漱石は『顔魯公墨蹟』（明治三五年刊）を所有しており、大正二年（一九一三）に門間春雄へ宛てた書簡において、自身の書と比較して顔真卿（七〇九―七八五）の書は尊いと述べている。[*9]顔真卿は、顔法と称される特異な筆法により優れた書を残した唐代の能書である。その書は王羲之とは対照的とも思える重厚感ある力強いものであり、後世に大きな影響を与えたのである。漱石が津田と交友を有するようなったのが明治四四年からであり、[*10]またその年の日記には漱石が顔真卿の書に関して記したものも確認することができる。[*11]前掲の『大唐三蔵聖教序』が明治四四年刊であり、『王右軍書記』が明治四三年刊であるからして、漱石は明治四四年頃王羲之の書に関心を有していたのは確かなことであろう。

こうした点を踏まえ、漱石が王羲之書法に触れたであろうことが確認できる最初の記録に目を向けてみたい。

898　蘭の香や聖教帖を習はんか

掲出の俳句は明治二九年（一八九六）に、漱石が熊本の第五高等学校勤務時に正岡子規へと送った句稿（挿図1）において確認することができる俳句である。なお、句中には「聖教帖」とあるが、これは新訳の経論等に対して皇帝より贈られる御製の序を示すものである。この中でも今日最も有名なものが、咸亨三年（六七二）太宗皇帝が「大唐三蔵聖教序」と「述三蔵聖記」に『般若心経』を加えたものを王羲之の行書を集字して石に刻した「集字聖教序」（挿図2）と、貞観二二年（六四八）に初唐の三大家の一人褚遂良（五九六―六五八）が書した「雁塔聖教序」である。句中における「聖教帖」を示す文献や資料は残されていないものの、『漱石全集第十七巻』の注においては「集字聖教序」を示すものと解釈されている。また漱石文庫の中にも「集字聖教序」の法帖が確認できる点に留意し、本稿においても句中の「聖教帖」が「集字聖教序」を示すものと認識することとしたい。

さて、この句は子規に添削を受ける前は「習うべし」とあるように、漱石が自らの意志で「集字聖

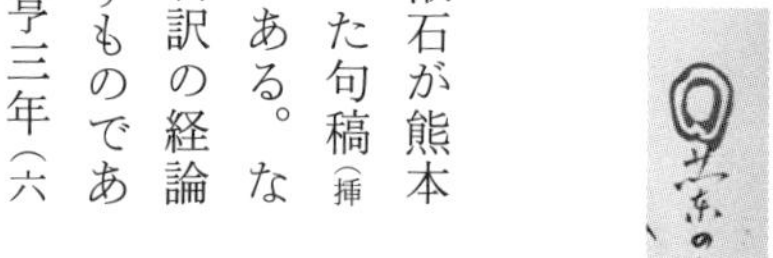

挿図1　漱石筆 帖（部分）明治29年筆 国立国会図書館蔵
右は部分拡大
※挿図1における添削は子規の手によるものである。

教序」の臨書を誰かから指導してもらおうとしていたことが窺える。実際に漱石が「集字聖教序」を臨書したかどうかは定かではないが、当時漱石の周辺には漱石に「習うべし」と思わせるような人物が存在していたことに注目したい。

一人目に名前が挙がるのが長尾雨山（一八六四—一九四二）である。雨山は漢学者として高名であり、内藤湖南と共に京都学派を築き上げ、近代における中国・東洋史学の発展に大きな貢献を果たした人物として知られている。また中国清代を代表する文人呉昌碩（一八四四—一九二七）が代表を務めた西冷印社へ参加するなど、書への造詣の深い人物として知られており、とりわけその草書の評価は高く明治期を代表するものと言っても過言ではなかろう。雨山は二松学舎の出身であり漱石の第五高等学校勤務時の同僚であった。プライベートにおいても親交があり、漱石が雨山から漢詩の添削を受けた作品が『漱石全集第十八巻』に収録されている。こうした関係から漱石が雨山から「集字聖教序」の指導を受けた可能性も考えられないだろうか。

次に名前が挙がるのが菅虎雄（一八六四—一九四三）という人物である。菅は漱石が学生時代から交友する極めて親しい友人の一人であり、当時漱石に第五高等学校の職を斡旋し同僚として迎えいれた人物でもあった。菅の専門はドイツ文学であるが、明治三五年（一九〇二）に清国南京三江師範学堂へ赴任しており、その際楊守敬や呉昌

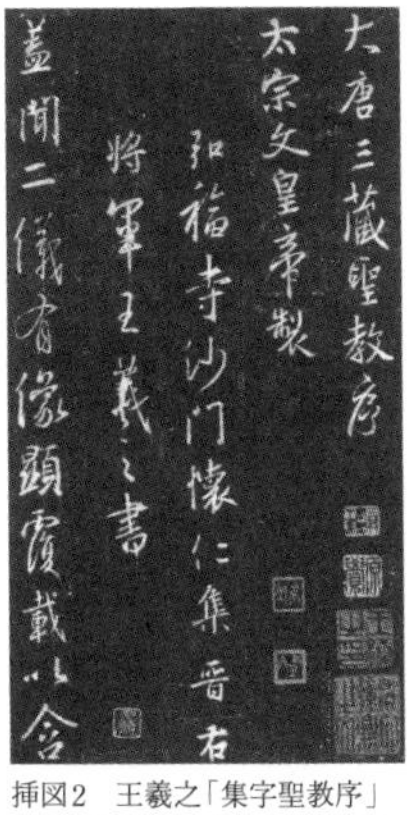

挿図2　王羲之「集字聖教序」（崇恩旧蔵三井文庫蔵本）部分

碩と交流を有し、書において高名であった李瑞清（一八六七—一九二〇）より六朝書法を学び、晩年には文部省教員検定委員（習字科）を務めるなど書に精通した人物でもある。また、明治三七年（一九〇四）には漱石に「張玄墓誌」の指導を行っており、この他にも明治四〇年（一九〇七）には漱石が古道具屋で購入した篆刻の判読を、大正五年（一九一六）には漱石が入手した副島蒼海（一八二八—一九〇五）の書の判読の依頼を漱石から受けている。[*12] こうしたことから菅は漱石の書における指導者的役割を担っていた人物と考えられ、よって、漱石が菅から「集字聖教序」の手解きを受けた可能性も当然考えられるであろう。

先述したが、この俳句が詠まれた当時漱石が実際に「集字聖教序」の臨書を行ったかどうか定かではないが、周囲にこれ程の人物達が存在していたことを考えると、漱石がそうした人物から「集字聖教序」の臨書を「習はんか」と思い至った可能性は十分考えられよう。

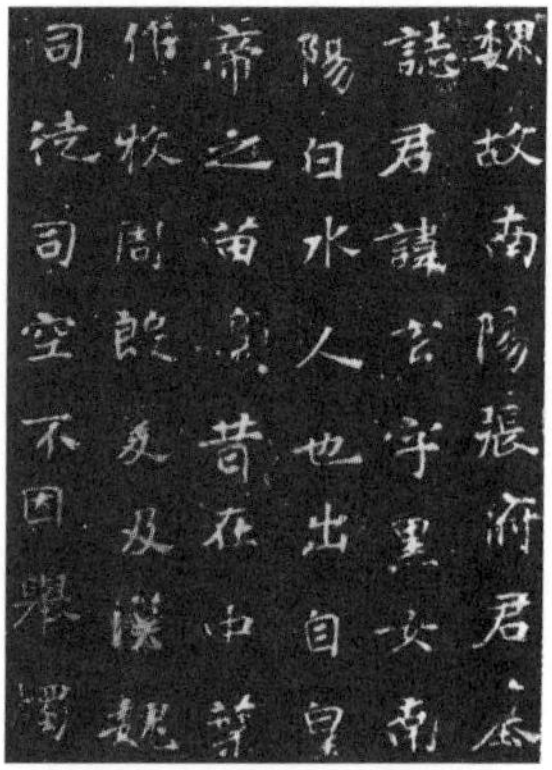

挿図3　「張玄墓誌」部分　531年

第三節　漱石の王羲之観

第一章でも述べたように、漱石の文学作品において登場する美術作品は、作品を彩る小道具としてではなく小説のストーリーを展開する上で重要な役割を果たすモティーフとして機能する舞台装置となる場合が存在する。それゆえ、漱石の文学作品において王羲之やその書が度々登場する点には注目すべきであろう。『漱石全集』に収録されている漱石の文学作品、ならびに日記などの著作物から王羲之に関係した記述を拾遺すると次のようになる。

『漱石全集』における王羲之関連項目

年代	著作	関連内容
明治　二九年	俳句	「集字聖教序」
明治　三八年	『吾輩は猫である』	「蘭亭叙」
明治　三九年	「趣味の遺伝」	「王羲之の書」
明治　四四年	「日記」	「喪乱帖」
大正　三年	『行人』	「喪乱帖」
大正　五年	漢詩「無題」	王羲之がモティーフ

以上、王羲之に関連した項目を『漱石全集』の中から確認することができた。以下、時代を追いながらこれらの項目について考察を試みたい。

「奥さん、月並と云ふのはね、先づ年は二八か二九からぬと言はず語らず物思ひの間に寐転んで居て、此日や天気晴朗とくると必ず一瓢を携へて墨堤に遊ぶ連中を云ふんです」(『吾輩は猫である・三』)

『吾輩は猫である』は、明治三八年(一九〇五)一月から明治三九年(一九〇六)一月まで雑誌『ホトトギス』にて断続連載された漱石の処女作である。この小説は名前をもたない猫「吾輩」が、人間社会を密かに観察するところから物語が始まり、猫をはじめとした登場人物達が当時の文化や社会情勢などを嘲笑するといった内容が描かれた風刺小説としての性格を備えている。掲出は、漱石の分身とも言える苦沙弥とその細君、美学者の迷亭の三人が会話を織りなす場面において迷亭が発した台詞である。

ここで「月並」という言葉の例として迷亭の批判の的になっ

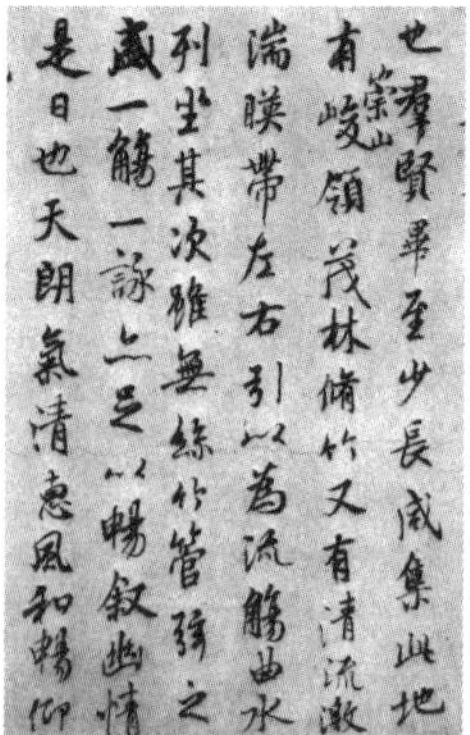

挿図4　王羲之「蘭亭叙」(八柱第二本)部分

ている「此日や天気晴朗」という言葉こそ、王羲之の代表作「蘭亭叙」の一節「是日也天朗氣凊恵風和暢」に由来したものである。日露戦争における日本海海戦においての「本日天気晴朗ナレドモ波高シ」という一文に代表されるように、「此日や天気晴朗」という言葉は明治時代前期の文章によく用いられたフレーズである。[*13] 迷亭の台詞には「一瓢を携へて墨堤に遊ぶ」と続くが、これもまた当時において行楽へでかけることを意味する言葉であり「天気晴朗」と同様に「月並」な表現として扱われている。なお、迷亭は苦沙弥の友人として作品の連載開始時から登場する人物であり、物語の進展とともに漱石の考えを代弁するような役割を担うキャラクターである。よって、そうした登場人物の口からこうした台詞が発せられている点からして、『吾輩は猫である』において漱石は「蘭亭叙」の一節から派生した「此日や天気晴朗」を、当時流行した「型にはまった表現」として皮肉の的にしているという解釈が成立すると考えられるであろう。

八寸角の欅柱には、のたくつた草書の聯が読めるなら読んで見ろと澄してかゝつて居る。成程読めない。読めない所を以て見ると余程名家の書いたものに違ひない。ことによると王羲之かも知れない。えらさうで読めない字を見ると余は必ず王羲之にしたくなる。王羲之にしないと古い妙な感じが起らない。（「趣味の遺伝」）

「趣味の遺伝」は明治三九年一月に『帝国文学』に掲載され、同年五月に刊行された短編小説集『漾虚集』に収録された作品である。掲出は物語の主人公の台詞であり、王羲之の草書に対して「えらさう」、「古い妙な感じ」といった批判的な感想を、漱石が主人公に述べさせている点に注目することができる。小説における登場人物の発言が必ずしも筆者の考えを表すものとは限らないが、漱石が行った明治三六年九月から三八年六月までの東大での講義を再構成し、明治四〇年に刊行した『文学論』における「間隔論」の中で漱石は次のように述べている。

形式にあらはるゝ篇中人物の位地を変更するとは彼と呼び彼女と称して冥々に疎外視するものを変じて、汝となし、更に進んで余と改むるに過ぎず。従つて頗る器械的なり。然れども単に此称呼を更ふる丈にて間隔の縮小するは何人も否定し能はざる事実なりとす。彼と呼ばれたる人物の現場に存在せざるを示すの語なり。彼を以て目せられたる人物の、呼ぶ人より遠きは言語の約束上然るなり。此故に彼を変じて汝となすとき、現場に存生せざる人物は惣然として眼前に出頭し来る。然れども汝とは我に対する語なり。呼ぶに汝を以てするとき彼是の間に猶一定の距離あるを免かれず。彼に比すれば親密の度を加ふる事一級なるも遂に個々対立の姿を

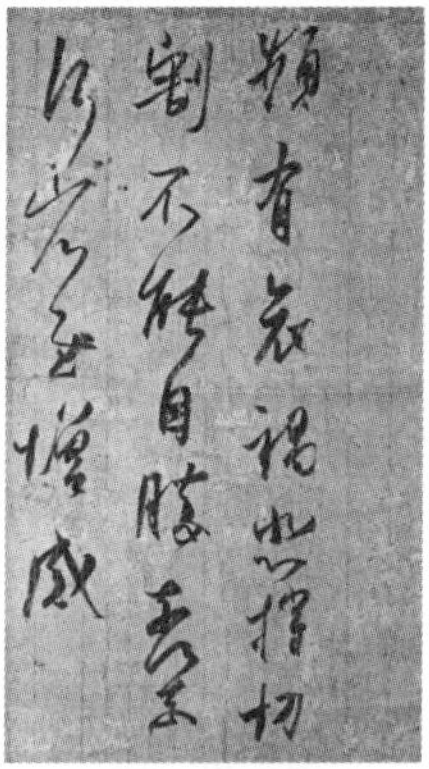

挿図5　王羲之「孔侍中帖」部分
国宝　前田育徳会蔵
王羲之の草書を代表する作品の一つ。

維持するに過ぎず。只汝の我に変化するとき、従来認めて以て他とせるものは俄然として、一体となつて些の籬藩に隔てらるゝ事なし。此故に彼は篇中の人物を読者より尤も遠きに置くものなり。汝は之を作家の眼前に引き据ゑるの点に於て其距離を縮め得たるものなり。最後に余に至つて作家と篇中人物とは全く同化するが故に読者への距離は尤も短縮せるものなり。（「文学論・第四編第八章間隔論」）

掲出は漱石が小説における登場人物と作者、読者との間に存在する距離感について述べたものである。ここで注目すべきは「余に至つて作家と篇中人物とは全く同化する」という一文であろう。「趣味の遺伝」における主人公の一人称は「余」であるから、漱石と「余」とは近い距離感にあると考えることができる。よって、そうした登場人物の感想であるがゆえに、漱石が実際に王羲之の草書に対して「えらさう」、「古い妙な感じ」といった感想を覚えていた可能性もあるのではないだろうか。この他にも「趣味の遺伝」が収められた『漾虚集』は、漱石の文学作品の中でも特に美術と密接な関係がある作品であることには注目しなければなるまい。例えば『漾虚集』に収録されている「倫敦塔」や「薤露行」では、実在する絵画や漱石がイギリス留学時に鑑賞したラファエル前派の画家が描いた作品がモティーフ・イメージソースとして用いられている。[*14] なお江藤淳は、『漾虚集』を文学と視覚芸術の統合を目指した作品とし、挿絵から装幀に至るまで『漾虚集』全体を一つのテキストとして捉え、漱石が留学していた当時のイギリスで流行していた文学と視覚芸術の総合を日本において試みた作品とする見解を示している。[*15] 漱石の文学作品の装幀は、その意匠が当時から高い評価を受けており「漱石本」の愛称で親しまれてきた。その中でも『漾虚集』は、「序」において漱石が挿絵を担当した中村不折、橋口五葉（一八八〇―一九二一）へ謝辞を送っているなど、挿絵、扉絵、ヴィネットなどの作品を演出する視覚的な要素に至るまで漱石の意匠が施された特筆すべき作品であると言えよう。それゆえ『漾虚集』に収録された「趣味の遺伝」において、王羲之の草書が一つのモティーフとして用いられており、それに対して主人公が批判的な感想を述べている点には留意すべきである。

次に、漱石の一次史料において確認できる王羲之に関連した記述を見たい。次に掲げるのは、明治四四年に記された漱石の日記の一説である。

十一月二三日〔木〕
寺田の宅で少し話して、蕪村と五岳の画を見る。連立つて表慶館へ行く。王羲之の真筆と賀知章の真筆を見る。是は珍しいものである。

漱石は美術鑑賞を好み、展覧会を観覧するために博物館などへよく足を運んでいたことで知られている。この日記はそうした鑑賞体験の記録であり、この内容から漱石が王羲之の真筆を目にしたことが確認できる。ところで、大正元年（明治四五）十二月六日から大正二年十一月十五日まで東京・

大阪の両朝日新聞にて連載され、大正三年に刊行された『行人』に次のような場面が描かれている。

其日《そのひ》自分《じぶん》は父《ちち》に伴《つれ》られて上野《うへの》の表慶館《へうけいくわん》を見た。（中略）
御物《ぎよもつ》の王羲之《わうぎし》の書《しよ》を見《み》た時《とき》、彼《かれ》は「ふうん成程《なるほど》」と感心《かんしん》してゐた。其書《そのしよ》が又《また》自分《じぶん》には至《いた》つて詰《つ》まらなく見《み》えるので、「大《おほ》いに人意《じんい》を強《つよ》うするに足《た》るものだ」と云《い》つたら、「何故《なぜ》」と彼《かれ》は反《はん》問《もん》した。（「行人・塵労八」）

前掲した日記との内容の一致からして、『行人』における掲出の場面は明治四四年の鑑賞体験がモデルとなっているようである。日記においては「王羲之の真筆」としか記されていなかったが、『行人』においては「御物の王羲之の書」とあることから、日記に記された「王羲之の真筆」が「喪乱帖」のことであることがわかる。漱石が表慶館を訪れた明治四四年十一月二三日は、展覧会「主として唐宋元明より清朝にいたる支那画及び筆跡」が開かれており、そこには実際に「喪乱帖」が展示されていたことから[*16]、漱石は「喪乱帖」を実際に鑑賞した上でそれを「つまらない」と評しているということとなり、当時において御物の「喪乱帖」に対して堂々と「つまらない」と述べる漱石の態度には驚嘆すべきであろう。なお、『行人』と「喪乱帖」については第四章において詳しく述べる。

178　無題

朝洗青研夕愛鵞
蓮池水静接西坡
委花細雨黄昏到
託竹光風緑影過
一日清間無債鬼
十年生計在詩魔
興来題句春琴上
墨滴幽香道気多

掲出の漢詩は大正五年（一九一六）に詠まれた七言律詩である。なお『漱石全集第十八巻』の訳注[*17]においては次のような解説が述べられている。

「青研」は、あおい硯。「研」は「硯」に同じ。「鵞」は、鵞鳥。晋の書家王羲之が、鵞鳥を池に飼っていた鳥。この句の初案は「病余洗硯誰愛鵞」（病余硯を洗いて誰か鵞を愛す）」。

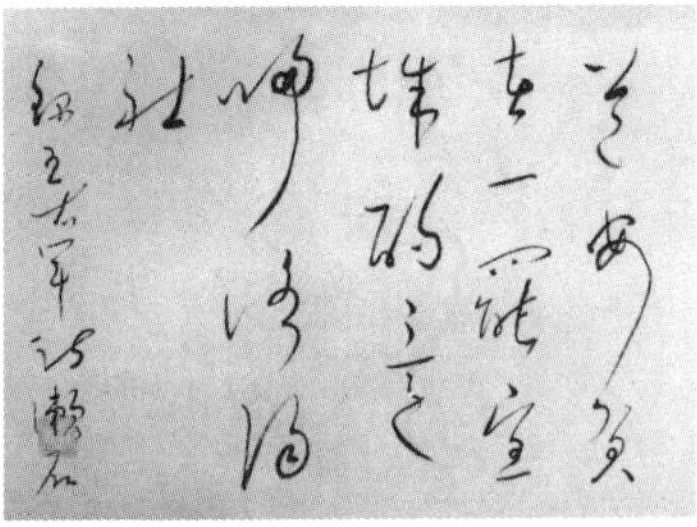
挿図6　漱石筆「守拙帖」1915年

右記の解説にあるように王羲之が鵞鳥を愛玩し飼育していたとする逸話は有名な話であり、王羲之が美しい鵞鳥を手に入れる為に「老子道徳経」を全巻書写し鵞鳥と交換したという逸話が「換鵞」という言葉の由来になっていることはよく知られている。また次の句には「蓮池水静接西坡」（蓮池水静かにして西坡に設す）とある。つまり、蓮の咲く池で青い硯を洗い鵞鳥を愛でるという意味であり、その姿は王羲之を連想させるものではあるまいか。ちなみに、大正五年は漱石が亡くなった年であり、漱石は前年の大正四年（一九一五）から五年にかけて、生涯で最も多くの漢詩を創作している。また、大正四年に漱石が書画を揮毫した「守拙帖」（挿図6）を見ると、その中には漱石が王羲之の漢詩を揮毫したものを確認することができる。ただし、落款には「録王右軍詩漱石」とあるが実際には王維の詩が揮毫されている。*18 これが漱石の単なる誤りなのか、または故意であるのかは判明していない。このように漱石は、「趣味の遺伝」、『行人』においては王羲之の書に対して批判的な感想を述べており、『吾輩は猫である』においては「蘭亭叙」から派生した表現を「月並」と評している。その一方で漱石は「集字聖教序」をはじめとした王羲之関連の書籍を有し、大正五年にはその姿をモティーフとしたと思わる漢詩を詠むなどしている。このように漱石は王羲之の書に対して批判的な感想を述べる一方で、王羲之の書や漢詩に対して関心を示しているかのような行動を見せている。つまり、言動と行動の矛盾が生じているとは言えないだろうか。

第四節　「模倣と独立」──漱石の書道観における「独立の精神」──

こうした漱石の言動と行動を考える上で有益なヒントを与えてくれるのが、大正二年一二月一日に第一高等学校で行われた講演「無題」を、後に講演筆記として発表した「模倣と独立」である。発表する際に漱石の加筆が行なわれていない為、時折論旨が鮮明ではなくなることもあるが、ここで漱石が述べた芸術観や「模倣」と「独立」という概念は、翌年発表された漱石の代表作『こゝろ』の内容と繋がる点があることなどから、晩年の漱石を考える上においても注目すべきものである。よって、その内容について考察することで漱石のみせた矛盾を解明する一助としたいと思う。

漱石が「模倣と独立」において述べたのは、「人」いう生物についてである。漱石はその中で、「イミテーション」(模倣)と「インデペンデント」(独立)という二つの特徴を挙げている。漱石は自分の子供が見せる行動、弟が兄のすることの真似をしようとすることや、ファッションにおける流行など、人間が他者と等しくなろうとする傾向(模倣)は、法律などの外からの圧力により強いられるものであるとし、同時にそうした傾向は人間の「本能」であると説いた。そして、そうした模倣から自己の標準を立ててそれを実行することを、「独立自尊」(独立)とし、これもまた人間にとって自然なことであると説き、人間はその内面にそうした相反する両面性を備えていると主張した。また、漱石はこうした模倣と独立の例として親鸞(一一七三―一二六三)を挙げて説明している。親鸞は法然(一一三三―一二一二)の下で浄土宗の教えを学び、やがてそこから独立し浄土真宗を開山した。浄土真宗は「悪人正機」のように他の宗派とは異なる考え方に注目することができるが、最大の特徴と言えば、当時の仏教界においてはじめて、僧侶の肉食妻帯を認めたことにあると言っても過言ではないだろう。こうした点について漱石は次のように述べている。

換言すれば彼はインデペンデントである。(中略)自分の通るべき道はかくあらねばという云ふ処がある、一人で居たいが女房が持ちたい、その時分にかやうなことを公言しやうものなら大変である、然しそんなことは顧慮せぬ、そこにその人の自然があり、そこに絶対の権威を持つて居る、彼は人間の代表者であるが、自己の代表者である。(「模倣と独立」)

漱石はまた、浄土真宗の考えを仏教思想の上における独立であると親鸞を評価している。漱石は親鸞が見せたような独立の精神には、「深い背景」と「根底」が必要であるとし、文化、芸術といったあらゆる面で西洋の模倣に終始していた当時の日本の姿を憂い、日本独自のものを生み出すこと、「独立自尊」の重要性を説いたのである。なお、漱石は決して「模倣」という概念を否定しておらず、講演の中で漱石は模倣と独立の関係を「両方が大切」として、「両面を持つていなければ、私は人間とは云はれないと思ふ」と述べている。そして、こうした模倣と独立の関係は漱石の書道観にも影響を及ぼしていると言えよう。

模倣と独立の関係を書においてあてはめると、模倣は「臨書」にあたり、独立は「臨書から得たものを基盤としそこから独自の書風を確立させること」と、考えることができるであろう。漱石が傾倒した良寛の書は、まさしく「秋萩帖」などの古典を基盤としそこから独立した日本書道史上類をみない良寛独自の書である。一方漱石は、当時六朝書風にて一世を風靡した中村不折らの書を強く批判していることで知られているが、漱石はそうした六朝書風の作品を批判した理由を書簡において次のように述べている。[*19]

1648 近来当地にては、六朝一派無暗に幅を利かし、自分の字をかゝずに矢鱈に四角張つたものを作り箱の様な展覧を催し喜び居候

このように、漱石は不折らの書を批判した理由として「自分の字を書いていない」という点を挙げている。つまり、漱石にとって六朝一派の書は型にはまったものであり、そこには「深い背景」も「根底」も存在せず、それらは六朝時代の拓本を臨書したものとして、そこに日本独自のものを漱石は見出すことができなかったのであろう。

このように漱石は不折らの六朝書を批判する一方で、第二節において紹介し

挿図7　副島蒼海「積翠堂」湯回廊菊屋蔵

たように近代を代表する六朝書の名手である副島蒼海の書を入手していたことは大変興味深い。蒼海は明治政府において外務卿としてマリア・ルース号事件や琉球帰属問題にあたった人物であり、多様な表現で個性豊かな蒼海の書は近代を代表する書の一つとして高く評価されている。漱石がどのような経緯で蒼海の書に興味を抱いたかは定かではないものの、漱石には蒼海の書を直接観る機会が存在している。漱石は明治四三年（一九一〇）伊豆・修善寺の菊屋旅館にて持病の胃潰瘍の転地療養の最中に大量吐血し生死の淵を彷徨たことで知られるが、蒼海の代表作である「積翠堂」はその菊屋のために揮毫されたものなのである。蒼海の作品は「積翠堂」（挿図7）のように一見して判読することが難しい作品が多く、漱石が友人の菅に作品の解読を依頼したのも、入手した作品がおそらくそうした様式だったであろうことが推察される。なお、蒼海は「積翠堂」を含め計三点の作品を菊屋の為に揮毫しており、こうした点からも漱石が蒼海の書を直接目の当たりにした可能性は高い。ちなみに、漱石は蒼海と同じく佐賀の出身で六朝書法と伝統的な学書の方法を基盤とした書風で高い評価を得た中林梧竹（一八二七―一九一三）の書（挿図8）も所有していた。漱石がそうした書に興味を示したのは、作品の中に「深い背景」と「根底」を見出したからなのではあるまいか。

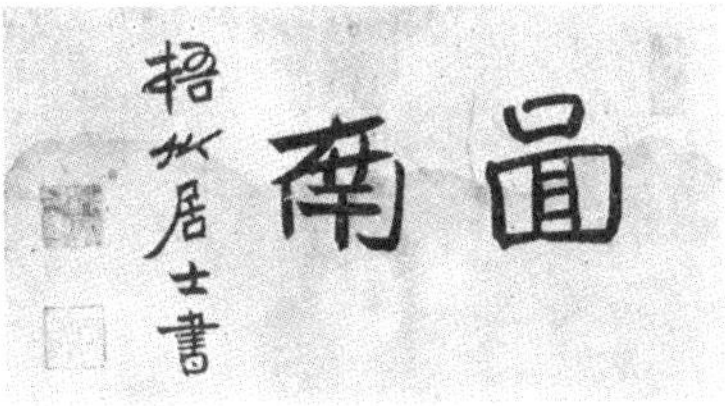

挿図8　漱石旧蔵の梧竹の作品、書斎に掛けられていた。

　王羲之の書は、日中の書道史における偉大な金字塔である。その書は漱石が生きた時代に至るまでの間に多くの人々に学ばれ、臨書（模倣）の対象となったいわば教典のようなものである。その書は多く人々に影響を与え、それゆえにその影響から独立することのできなかった月並みな書を数多く生み出す原因にもなったとも考えられるであろう。「趣味の遺伝」における「古い妙な感じ」という感想は、そうした点に理由が存在するのではないだろうか。そして「喪乱帖」に対して「つまらない」という感想を「行人」の主人公に述べさせたのも、前述の理由に依るものと考えられよう。

さて、第一章において述べたように漱石は文学作品などにおいて書道文化にまつわる記述を数多く残しているが、漱石が取り上げる対象の多くが中国書道史や、日本の近世から近代にかけての書道史の範疇であり、それ以前の時代や、和様書道に関する記述は僅かな量しか確認することができない。それゆえ、漱石が和様書道の礎を築いた小野道風（八九四―九六七）に関心を示している点には注目しなければなるまい。王羲之書法を基盤とし、そこから日本的な書風「和様」を確立させた道風もまた「独立の精神」を体現した人物であり、こうした模倣と独立の関係や漱石と王羲之の関係を考える上でも道風は無視することのできないものである。漱石が道風について述べたのが俳句二句のみであっても、そこから導き出されるものについて考察を加えたい。

観世音寺

873　古りけりな道風の額秋の風

この俳句は明治二九年に子規へと送られた句稿に記された句であり、先述した「聖教帖」の俳句と同じ句稿に記されている。観世音寺は福岡県太宰府市に存在する寺院であり、境内の宝蔵には伝小野道風筆「観世音寺」額が収蔵されている。この年に漱石は北九州への旅行を行っていることから実際にこの額を目にし、その鑑賞体験を俳句に残した可能性は十分に考えられる。この頃の漱石が道風の書へ関心を示していたかどうかは定かではない。しかし、現在確認されている漱石の著作において、王羲之と道風、この二人について最初に確認できる記録が、奇しくも同じ年に子規へ送られた句稿であるこの事実には興味深いものがある。

2391　行春や書は道風の綾地切

この俳句は大正三年に詠まれたものである。現在確認されている道風筆として伝わる綾地切は「華原磬」、「双髪帖」、「陸園妾」の以上三点であるが、漱石がいつどこでどの遺品を目にしたのか、現在詳しいことは判明していない。なお津田青楓によると、漱石が良寛の書を初めて目にしたとされるのもまたこの年のことである。それゆえ、こうした道風への関心の背景には、当然良寛の影響が考えられる。しかし、大正三年は既に「模倣と独立」の講演が

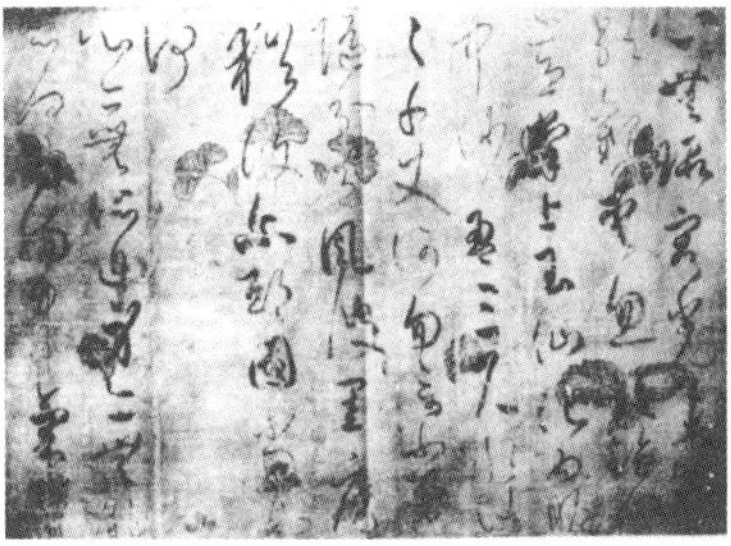
挿図9　伝小野道風筆「綾地切」

行われた後である。漱石が講演で述べた模倣と独立の関係を体現し、漱石が求めた日本独自のもの、つまり「和様」を確立させた道風の書に対してこうした俳句を詠んでいるのも、漱石独自の思想に依るものがあるのではないだろうか。

第五節　小結──書における多様性の容認──

漱石が『模倣と独立』において説いた「日本独自のものを生み出す重要性」であるが、おそらくこうした考えの根底には、漱石がイギリス留学時より抱いていた日本人の国民性に対する考えが基になっているものと思われる。漱石がイギリス留学時に記した日記の断片には次のようにある。

日本人は創造力を欠ける国民なり維新前の日本人は只管支那を模倣して喜びたり維新後の日本人は又専一に西洋を模擬せんとするなり憐れなる日本人は専一に西洋人を模擬せんとして経済の点に於て便利の点に於て又発作後に起る過去を慕ふの念に於て遂に悉く西洋化する能はざるを知りぬ過去の日本人は唐を摸し宋を擬し元明清を模し悉くして一方に倭漢混化の形迹を留めぬ現在の日本人は悉く西洋化する能はざるが為め已を得ず日欧両者の衝突を和けんが為め進

んで之を渾融せんが為苦慮しつゝあるなり（「断片・八」）

漱石が指摘するように、日本は古くより政治・文化に至るまで多くのものを中国より模倣してきたことは言うまでもない。また、日本人が西洋を模倣するのは仕方のないこととしながらも、近代化に至る過程の中で日本が西洋を模倣することを批判している。新たな国家を建設するという目的を持ちながらも、ただ西洋の模倣を行う日本の姿を見て、「日本人は創造力を欠ける国民なり」と、その姿勢に警鐘を鳴らしているのであろう。だからこそ、そうした国民性を備えながらも、書において中国書道史にも類を見ない独自の書風を確立した良寛の書を晩年高く評価したのではないだろうか。

さて、漱石が晩年に王羲之の漢詩を揮毫し、また王羲之をモティーフに漢詩を詠むなど、それまでとは違った接し方をみせている。こうした態度の変化について、大正二年に行われた「模倣と独立」において漱石が述べた思想が影響している可能性を示唆したが、こうした晩年の漱石と王羲之、また書との関わり方を考える上で再度漱石の書の指導者的役割を担っていた菅虎雄に目を向けたい。

漱石文庫の中において『清道人節臨六朝碑』、『李梅菴先生臨法帖』の二冊は菅の書の師である李瑞清に関する書物である。二冊とも大正四年に中国で出版されたものであることから、日本に取り寄せられたものであろうし、これには当然菅の影響が考えられるであろう。また、菅は明治三九年に帰国する折に、李瑞清より王羲之の「蜀都帖」が臨書された金扇を贈られており[*20]、その扇面には、次のような跋語が書かれている。

省足下別疏、具彼土山川諸奇、楊雄蜀都・左太沖三都、殊為不備悉、
彼故為多奇、益令其遊目意足也。
書家草法、宜人規応矩、力能扼腕、処々停筆、所謂忙中不及作草、
今人盖鮮知之者。
菅先生閣下　李瑞清

このように菅は師より草書の規範を王羲之に求める旨を教示されているのである。この点を考慮すると、漱石文庫に収められている王羲之関連の書物は菅の影響によるものではないかと考えられる。さらに芥川龍之介の書簡[*21]によると大正二年の夏に菅は道風の臨書を一万字試みているようである。こうしたことからも、漱石の書における菅の影響というものは注目しなくてはならないものがあろう。

ここまで漱石と王羲之について述べてきたが、漱石が自身の文学作品において度々王羲之を取り上げているのは、やはり、王羲之が古くから日本文化に根付いた、書道文化を象徴する存在として、当時の人々の間に共通認識として浸透していたからではないか。例えば、「此日や天気晴朗」という言葉が明治期においてよく用いられたのならば、そのルーツに対しても一定以上の認識があった

ものと考えられるだろう。漱石と同時代を生きた仏教学者・井上円了（一八五八―一九一九）が全国行脚を行った際の記録をまとめた『南船北馬集　第九編』の中にも、行脚先で目にした光景を「雪後更加錦水寒舟中坐擁火炉看風光自似蘭亭記修竹崇山夾激湍」と「蘭亭叙」に謳われた光景に似ると漢詩の中において表している一節がある。[*22]このことからも、「此日や天気晴朗」だけではなく、「蘭亭叙」やその内容は、当時教養の一つとして広く根付いたものであったと考えられるのではないだろうか。さすれば、漱石は読者にも伝わる親しみやすい存在として、王羲之を文学作品の中に描いた可能性も十分ありうるであろう。

さて、最後に漱石の王羲之に対する言動と行動の矛盾を考える上で漱石の文学作品についても触れておきたいと思う。「模倣と独立」以後、漱石が執筆した小説は『こゝろ』、『道草』、『明暗』の三作品であるが、これらの三作品にはある共通したテーマを作品の中に見ることができる。『こゝろ』では作品のキーパーソンである先生の死を描くことにより、倫理や道徳の根拠となるものについて考えながら人間の心が持つ闇をその内部に見ようとした。『道草』では自身の実生活をモデルとし、日常を生きる人間の姿を描いた。そして絶筆となった『明暗』においては、作中において多くの登場人物を描き、その登場人物達が人間関係に応じて様々な顔を見せる様子を描いた。こうした晩年の文学作品の中には人間の持つ多様性を認識し、またそれを認めようとする漱石の姿を見ることができるとは言えないだろうか。漱石の王羲之観もまた、こうした人間の多様性を認識し認めようとする態度が漱石の芸術観に反映された結果なのかもしれない。漱石が王羲之に対して見せた言動と行動の矛盾も、書における多様性の原点たる王羲之を認識しそれを認めようとした漱石の書道観の現れなのかもしれないだろう。

1 東京国立博物館『書聖　王羲之』(NHK／毎日新聞社、二〇一三)を参照。
2 澤潟久孝『萬葉集註釋第三巻』(中央公論社、一九五八)四四五頁。
3 前掲2、四四六頁。
4 平安時代の能書、尊円親王の書流(青蓮院流)を特に江戸時代にはいり御家流と呼んだ。
5 小松茂美『日本書流全史』(講談社、一九七〇)を参照。
6 鈴木晴彦「王羲之書法を中心とする江戸和様書家の唐様書受容について」(『書学書道史研究第十号』書学書道史学会、二〇〇〇所収)を参照。
7 『漱石全集第二十巻』(岩波書店、一九九六)注解六三七頁。
8 津田青楓「漱石先生と書画道」(『書道と画道』河出書房、一九五二所収)八〇頁。
9 大正二年門間春雄宛て書簡(『漱石全集第二十四巻』岩波書店、一九九七所収)において「此間人に自分の書を見せたら顔真卿の肉筆の玻璃板と比べて見て丸で比較にならん程顔真卿は尊く見えるといひました」と記している。
10 荒正人『漱石研究年表』(集英社、一九八四)及び『漱石全集第二十七巻』(岩波書店、一九九七)に収録された年譜を参照。
11 明治四四年五月一〇日付日記(『漱石全集第二十巻』(岩波書店、一九九七　所収)。
12 明治三七年菅虎雄宛て書簡(『漱石全集第二二巻』岩波書店、一九九六所収)ならびに大正五年菅虎雄宛て書簡(『漱石全集第二四巻』岩波書店、一九九七所収)を参照。
13 『漱石全集第一巻』(岩波書店　一九九三)注解五九三頁を参照。
14 「倫敦塔」においては、ポール・ドラローシュ(一七九七〜一八五六)作「レディ・ジェイン・グレイの処刑」など、実在する絵画をモティーフとして描かれた場面が確認されるなど、『漾虚集』に所収された作品にはこうした場面が多く描かれている。

15 江藤淳『漱石とアーサー王傳説―「薤露行」の比較文学的研究』（講談社学術文庫、一九九一）を参照。

16 『漱石全集第八巻』（岩波書店、一九九四）注解四八八頁を参照。

17 『漱石全集第十八巻』（岩波書店　一九九五）訳注四二四頁を参照。

18 掲出図版に揮毫されているのは王維の「過李揖宅」である。「守拙帖」ではこの他にも「録王右軍送友人帰山歌」と落款が揮毫されたものがあるが、これもまた実際には王維の「送友人帰山歌」の誤りである。

19 明治四五年寺田寅彦宛て書簡（『漱石全集第二十三巻』岩波書店、一九九六所収）において漱石は不折の書に対し「不折例によって不良少年の悪達者を発揮致し居候」と述べている。

20 作品は『陵雲無為菅虎雄先生遺墨法帖』（陵雲無為菅虎雄先生遺墨法帖刊行会　一九七二　非売品）に所収。本稿においては原武哲『夏目漱石と菅虎雄　布衣禅情を楽しむ心友』（教育出版センター　一九八三）二五二頁より引用。

21 大正二年井川恭宛て書簡（『芥川龍之介全集第十巻』　岩波書店　一九七八　所収）を参照。

22 井上円了『南船北馬集　第九編』（『井上円了選集　第一四巻』　東洋大学創立一〇〇周年記念論文集編纂委員会　一九九八所収）二二四頁。

〔挿図出典〕

挿図1：『夏目漱石遺墨集第一巻書蹟篇』（求龍堂、一九七九）

挿図2：『中国法書選一六　集字聖教序　東晋　王羲之』（二玄社、一九八七）

挿図3：『中国法書選二六　墓誌銘集下　北魏　隋』（二玄社、（二玄社、一九八九）

挿図4：『中国法書選十五　蘭亭叙〈五種〉東晋　王羲之』（二玄社、一九八八）

挿図5：『王羲之と日本の書』（九州国立博物館、二〇一八）

挿図6：『図説漱石大観』（角川書店、一九八一）

挿図7：『副島蒼海墨跡集　副島種臣書』（二玄社、一九六七）
挿図8：『漱石とその世界』（創芸社、一九五五）
挿図9：東京美術書院編『古筆新選』（東京美術書院、一九二五）

第三章　小説に描かれた書（一）――『草枕』の場合――

第一節　『草枕』における美術

前章まで述べてきたように、漱石は文学作品において書作品を描くことをある種の小説の技法として用いているが、本章ではそうした小説の中に描かれた書作品が、その文学作品の中でどのような役割を果たすものなのか、その意味について考えてみたいと思う。

小説『草枕』は、明治三九年（一九〇六）に発表された作品である。漱石はこの作品について「美を生命とする俳句的小説」、「美しい感じが読者の頭に残りさへすればよい」[*1]と述べており、漱石はこの小説を書き終えた後「是は小生の芸術観と人世観の一部をあらはしたもの故是非御覧被下度来月の新小説に出て候」と知人に宛てた書簡に綴っている。[*2]

漱石が芸術観の一部を表現したと述べたように、『草枕』という小説の特徴は、作品において東洋・西洋の絵画をはじめとした多くの美術作品が登場する点であり、また、主人公（画工）がそうした美術作品を観るのと同じ視点から、物語で繰り広げられる人間模様を眺めようとする点が作品の魅力である。そして、『草枕』は漱石が自身の東西比較文化・芸術論について見解を明示した作品であることも特徴であり、その中で象徴的に描かれているのが、画工が江戸中期の画家・円山応挙とイギリスのロマン主義の画家・ターナー（一七七五―一八五一）[*3]の絵画を比較する場面である。

この故に天然にあれ、人事にあれ、衆俗の辟易して近づき難しとなす所に於て、芸術家は無数の琳琅を見、無上の宝璐を知る。俗に之を名けて美化と云ふ。其実は美化でも何でもない。燦爛たる彩光は、炳乎として昔から現象世界に実在して居る。只一翳眼に在つて空花乱墜するが故に、俗累の羈絏牢として絶ち難きが故に、栄辱得喪のわれに逼る事、念々切なるが故に、ターナーが汽車を写す迄は汽車の美を解せず、応挙が幽霊を描く迄は幽霊の美を知らずに打ち過ぎるのである。(『草枕・三』)

漱石とターナーというと、『坊っちゃん』においても赤シャツが野田に「あの松を見給へ、幹が真直で上が傘の様に開いてターナーの画にありさうだね」と訊ねる場面が描かれているのが印象的である。漱石はイギリス留学時に頻繁に美術館へ足を運んでおり、おそらくその時にターナーの作品を実際に目にしたのだと思われる。既に述べたように、漱石は帰国後、東大での講義を基にして発表した『文学論』の中において、詩人や画家の「想像的創作物」に言及した内容の中でターナーを取り上げており、『文学論』においてターナーについて述べた内容が、『草枕』における比較場面の基になっていることは想像に難くない。*4

一方、漱石の東洋の書画への関心は、『思ひ出す事など』において語られているように、子供の頃家にあった五六十幅の画を、床の間や蔵の中、虫干の折になどに目にした体験や、日常生活の一部として触れることのできる身近な存在であったことがきっかけで向けられたものであった。こうした漱石の美術への関心は、イギリス留学という西洋の近代文明に直接触れたことにより感化され、東洋美術と西洋美術の違いをはっきりと認識したことが『草枕』で展開されるような東西比較文化・芸術論へと結びついたのでなかろうか。ターナーの汽車、応挙の幽霊、漱石はこうした全く題材の異なる二つの作品を比較しているが、漱石の芸術観は、絵画の中に描かれた汽車や幽霊の中に芸術性を見出すのではなく、鑑賞体験そのものが作品に美を見出すという結論を前掲の比較の中で導き出している。『草枕』において漱石は、比較美術・美術批評を展開することにより、「東洋の美」を「西洋の美」との比較の中に見出したが、そしてそれは西洋にはない儒学や禅といった東洋哲学であり、俳句の世界であったと言えよう。[*5]

『草枕』が執筆された当時の漱石は、日本の近代文明を考える時、西洋の影響を無視して語ることができないという考えを述べている。[*6]日露戦争における日本の勝利によって、日本は近代化における西洋文明の価値を再認識せざるを得ない状況となり、特に文学や絵画は様々な点で西洋の方が優れていることを漱石は痛感している。しかし、西洋には西洋のスタンダードがあり、日本がそれに対して追従する必要などはなく、「自己が標準」によって物事を観察し判断すべきであると漱石は説いた。漱石が日本人に求めたのは「自覚自信」という、芸術や文化に対する鋭利な鑑識眼を自己のものにすることであり、これこそ漱石が東洋と西洋の狭間で見出した芸術観の真髄とも言えるものであった。

前述したように、『草枕』には東洋・西洋の美術作品が数多く登場し、そのことが作品の特徴として強い印象を与えるが、本章では作中において漱石が取り上げた東洋美術の一つとして「書」が取り上げられている点に注目したい。漱石は生涯を通じて書に親しんだ人であるから、『草枕』のような作品で書を取り上げられることに疑問は覚えないが、漱石がイギリス留学から帰国後、積極的に書道文化に接するようになったことや、先述した漱石の芸術観を考慮したならば、当時の漱石にとって「書」とは西洋には存在しない東洋独自の文化・芸術として漱石のアイデンティティーを構成するものの一つであったと考えられよう。序論で取り上げた『草枕』の一場面を思い出したい。作中で画工が旅先の宿において部屋に掛けられた書を目にしたことをきっかけに、自身の書道観について独白する場面である。これは、第二章で述べた漱石が『文学論』において言うところの「余に至つて作家と篇中人物とは全く同化する」と作中の登場人物と筆者との距離が適用されるものであろうから、『草枕』における「余」が語る書道観は漱石自身の書道観として考えることができるであろう。

さて、漱石が『草枕』で最も取り上げたのは、近世において「唐様」という日本書道史における一つの大系が確立されるにあたり大きな影響を与えた黄檗宗の僧侶の書である。彼らの書は一概に芸術性の高いものとは言い切れないものもあるが、禅宗や煎茶道との関わりにおいて尊重されてきた。『草枕』には円山応挙をはじめ、伊藤若冲（一七一六―一八〇〇）や長沢蘆雪（一七五四―一七九九）といった近世絵画を代表する人物や、ターナーやジョン・エヴァレット・ミレーのようなイギリス世紀末美術を代表する人物達の作品が登場する。書においても頼山陽や荻生徂徠といった近世を代表する能書も漱石は取り上げており、作中にそうした「名品」が登場する中で、黄檗僧の書はある意味特殊な存在として位置づけられるものである。本章ではこうした漱石と黄檗の書との関係を、書道観、芸術観といったものとを照らし合わせて考察を行いたい。

第二節　黄檗の書

江戸幕府は儒学の思想を取り入れ武士階級の道徳意識の確立を図り、その文教政策の一環として文治主義が進み、漢学を学ぶことが推奨された。そしてその影響により五山文学を中心とした漢籍の内容やその書風に注目が集まったことが、江戸期における中国各時代の書法を学びその影響を受けた書、すなわち唐様の確立へと繋がったのである。そうした中にあって、唐様書道確立における過程の中で重要な要素となったのが、江戸時代初期に来朝・帰化し、黄檗宗の布教活動にあたった黄檗僧達の活動である。

漱石が『草枕』において取り上げた隠元隆琦、木庵性瑫、即非如一の三人は「黄檗三筆」と称され、その書風は晋代、唐代以降の書、主に明代の書法を基盤としながらも、修禅と結びつく形で特徴的な書風を確立し「黄檗流」と称された。そうした黄檗僧の書は「黄檗もの」と呼ばれ、当時から現代にいたるまで尊重されている。またこの他にも、当時黄檗僧は明朝より様々な文化を日本にもたらしたことで知られている。中国音の読経や煎茶料理などがよく知られているが、特に黄檗様式の建築など、黄檗僧が持ち込んだ東洋美術の数々は「黄檗美術」として当時の人々に大きな影響を与えた。その中で黄檗僧が最も多く残したものが書作品であり、黄檗宗の布教や芸文交流のための一手段として多くの作品を揮毫したのである。先述したように黄檗の書は一概に芸術性の高いものとは言えない点もあるのであるが、雄渾にして気迫を感じさせるその書風が、日本の書法を基盤とした御家流が一般的だった当時の書に大きな驚きを与えたことは想像に難くない。

黄檗三筆以外にも来日した黄檗僧の中には書を評価された者は多く、漱石が取り上げた高泉性潡もまたその一人である。高泉は文名に名高く、書においても「黄檗ものの中でも格調の高さにおいては随一」[*7]と称されることもあって、高泉の書は広く人々から求められ序跋や碑銘を請う者が多く存在していたことが今日伝えられている。[*8]次いでもう一人、漱石は『草枕』において取り上げていないが、第一章で取り上げた独立性易には触れておきたい。独立の書は今日伝わる黄檗もの中で最も高い評価を受けているものであり、黄檗三筆をはじめ高泉らの書と比較しても、独立の書は一線を隔てると言っても決して過言ではあるまい。特に、唐様書の祖と目される北島雪山もしばらく独立に就いてその書法を学んだと伝えられ、篆刻の文化を日本に伝えたのも独立であると認識されていることからも、日本書道史におけるその存在は大きい。なにより、そうした独立の書を漱石が所有していたことからも、漱石が黄檗の書に並み並みならぬ関心を寄せていたことが窺える。[*9]

以上のように、江戸時代初期における黄檗僧の相次ぐ来朝は、明代の書法や文化を日本にもたらし、雪山以降の唐様書道勃興に大きな影響を与えたことからも、日本書道史における重要な存在だと考えられている。それでは、先述したような点を踏まえ、前掲した『草枕』の一節に目を向けてみたい。漱石が比較の対象として掲げたのは、隠元、即非、木庵、高泉の四人であり、漱石は作中における彼らの書を比較した上で高泉の書を「一番蒼勁でしかも雅馴」、つまり、洗練された正しい筆遣いの中に枯れた味と力強さを兼ね備えた書であるとして四人の中で最も高い評価を下していることがわかる。当時来日した黄檗宗の僧侶は中国明代の僧であるからして、その書は董其昌や文徴明といった明代を代表する能書の書の影響を受けたものと考えられよう。なお、黄檗流の特徴について中島皓象氏は次のように述べている。[*10]

挿図1　禅語屏風（部分）
隠元、（右から1番目）、木庵（右から2、3番目）、即非（右から4、5番目）の黄檗三筆の一行書を収めた六曲一双屏風の部分。

黄檗流の肉太で闊達な書風は、当時行われていた明代書風の一端を伝えるものである。漱石が『草枕』において「隠元も即非も木庵も夫々に面白味はあるが」と評したように、四者四様の書風の差異が見える。

挿図2　高泉「一行書」

禅は本来「個の主体性」を主軸に考える宗教であるが、黄檗僧の場合は、僧個人の個を否定して、宗義の主体性を「黄檗の個」と考え、その墨蹟の書風まで嫡嫡相承、代々これを反映していったものとみられるのである。

肉太な線質、力強い筆致といった黄檗流の書風を、書風継承の「類型化」と評した上で「中国漢民族の血統的伝統の現れ」と中島氏は述べている。確かにこうした黄檗の書に目を向けて見ると中島氏の指摘にも頷ける点もあるが、一概にはそうと言い切れないものがある。漱石が「夫々に面白味はある」とその書を評したように、今日伝わる遺墨を見ると、隠元、即非、木庵、高泉の四人の書には四者四様の特徴を見ることができ、また漱石が高泉の書を四人の中で「一番蒼勁でしかも雅馴である」と評したのにも頷ける。このことからも、漱石の作品を観る「眼」には興味深いものがある。

第一章で述べたように、江戸時代の書は大きくわけて中国の書を学書基盤とした唐様と、平安時代より培われてきた日本の書を学書基盤とする御家流とに分かれ、数の上では御家流が圧倒的な多数である。しかし本稿で取り上げた雪山、南畝をはじめ江戸時代を代表する能書の多くが唐様に分類される人々である。この点について小松茂美が的確な指摘を述べているので次に掲げたい。[*11]

唐様の方は、それぞれ習う人書く人の好みにまかせて、ある者は元の趙子昂を、ある者は明の文徴明・董其昌、さらにはずっと遡って宋の蘇東坡や黄庭賢・米元章を目指すというように、そのお手本とするものを異とするものだけでも変化に満ちている。しかも唐様を書いた人の方が（中略）当時名だたる儒者や文人であったことが、拍車となっている。そして、唐様の作品のほうに書斎や座敷を飾るに恰好なものが多く残されている、という具合で、ともすれば江戸を代表する書は唐様であるという錯覚をさへ起こさせる。

「茶禅一味」という言葉が示すように、茶道の祖・村田珠光（一四二三—一五〇二）が床の間飾りとして禅林墨蹟を用いて以降、茶の湯と禅との関係から床の間飾りとして禅林墨蹟が好まれてきたことは今日広く知られている。ところで黄檗山萬福寺は福建省福清県の巨刹であり、福建省といえば古くから中国の産茶の名産地として知られている。またそれと同じく、日本に開山した黄檗山萬福寺も、日本の茶葉の名産地として知られる京都山城宇治に所在している。そうしたこともあり、黄檗山萬福寺と煎茶道とは結びつきが強く[*12]、煎茶の席には床の間飾りとして黄檗の書が尊重されたのである。今日伝わる黄檗の書の多くは法語や一行書といった黄檗宗（禅）と関連したものであり、それは小松が指摘する「書斎や座敷を飾るに恰好なもの」であった。しかし、江戸時代に盛んとなった煎茶により黄檗の書が尊重されるようになった一方で、黄檗流の書法が当時の書に影響を与えたということは、当時の名筆を通覧してもあまり見かけることはない[*13]。確かに即非の書は雪山に影響を与え、独立が近世における唐様書道に与えた影響には注目することができるが、そうした影響はごく狭い範囲においてもたらされたものであった[*14]。つまり、当時の人々は黄檗流書法よりもその学書基盤となった明代の書法や彼らがもたらした知識に影響を受けたのだと考えられよう。[*15]

さて、漱石は実際に黄檗の書を好み作品を所持していたことが確認されており、『草枕』の主人公のように高泉の書を好んでいたとされ、時には高泉風の倣書を行っていたとされている。[*16] だが、今日伝わる漱石の遺墨を通覧して見ても、高泉や黄檗流の影響を受けたような書風の遺墨は今の所確認できてはいない。しかし、これまで述べてきた漱石と漢学の関係、それを通しての書道文化の受容などを考慮したならば、こうした漱石と黄檗の書との関係については興味深いものがあろう。

第三節　漱石と黄檗宗

第一章でも触れたように、漱石が好んだ荻生徂徠や蘐園学派の門弟達の間には黄檗僧との交流があり、その中で中国語の学習が行われるようになったのだった。よってそうした学問を通じて漱石が黄檗の書に関心を寄せたことも考えられるであろう。

また、漱石が仏教に寄せた関心にも留意しなければなるまい。漱石は仏教への関心が深く、とりわけその関心は主に禅に向けられたものであった。それは漱石の「さう……稍や取るべき者は、耶蘇教ではカトリック、佛教では禪宗かとも思ふが」[*17]といった発言からも窺えよう。漱石の門下生として、『漱石全集』の編纂等に深く関わった小宮豊隆（一八八四―一九六六）によれば、漱石は具体的なものとして自身の心の内に納めることのできるものでなければ、実在するものとして認めようとはしなかったとして、神や仏という抽象的な対象を崇め、それに頼る心持は漱石にはあまりなかった。そして、自身の力により解脱への道を模索するという禅宗は漱石の性に合っていたとする所説を述べている。[*18] 以上のような点から、漱石における仏教とは禅宗を意味するものと考えられるであろう。

漱石と禅との出会いは学生時代で、友人の米山保三郎や菅虎雄らが今北洪川和尚のもとで参禅していたことに始まる。実際に漱石が参禅を行ったのは二八歳の時であり、菅の紹介により鎌倉円覚寺の塔頭帰源院で釈宗演のもとで、明治二七年末から翌年一月にかけて一〇日間程のことであった。また、この他にも漱石文庫には禅宗にまつわる書籍が多く。その中の『禅門法語集』には書き込みも多く見られることは特筆に値する。[*19]

こうしたこともあってか、漱石の文学作品には禅の影響を随所に確認することができる。処女作の『吾輩は猫である』をはじめ、『夢十夜』の「第二夜」、参禅体験を作品に取り入れた『門』などが印象的である。晩年には「私は今道に入らうと心掛けてゐます」と哲学者・和辻哲郎（一八八九―一九六〇）へ宛てた書簡に綴るなど、[*20] 日常生活の中における禅の影響を指摘することができよう。

以上のことからも、漱石の禅への関心はおのずと漱石の書道観へと結びついたものであったのであろう。漱石が好んだ書は黄檗ものをはじめ、良寛、明月（一七二七―一七九七）、寂厳（一七〇二―一七七二）などの僧侶の書が多いことも決して無関係ではあるまい。特に黄檗宗は臨済宗、曹洞宗と並ぶ禅宗の一つであるから、漱石の黄檗ものへの関心を考える上においても、漱石が禅宗に関心を寄せていたことは決して無関係ではなかろう。

ところで、『漱石全集』を通覧したところ、漱石の小説や書簡など黄檗宗と関連したものを多く拾遺することができた。その中において、最も黄檗関連の内容を含むものが多いのが俳句である。漱石は正岡子規から影響を受け、第一高等中学校在学中から句作を始めており、明治二四年（一八九一）の東大在学中からは子規の添削指導を受けている。その後に専門的な俳書をも学び、やがて写生を主張する子規門を代表する人物として早くから俳壇においてその名が知れ渡っている。さて、漱石の俳句というと写生文についても少し考えなくてはなるまい。写生という言葉であるが、もともとはスケッチ・デッサンといった言葉の訳語であり、子規はこれを文学における表現方法として用い、これが当時の俳句や短歌に新たな表現をもたらした。また、子規が写生の手法を散文にも取り入れ写生文と名づけたことは今日において広く知られているところである。漱石と写生文というと、『吾輩は猫である』がその代表として挙げられるが、『吾輩は猫である』以前においても、漱石はイギリス留学中の出来事を題材とした『倫敦消息』、『自転車日記』[*21]などを『ホトヽギス』において掲載しており、双方の文体が『吾輩は猫である』との類似性

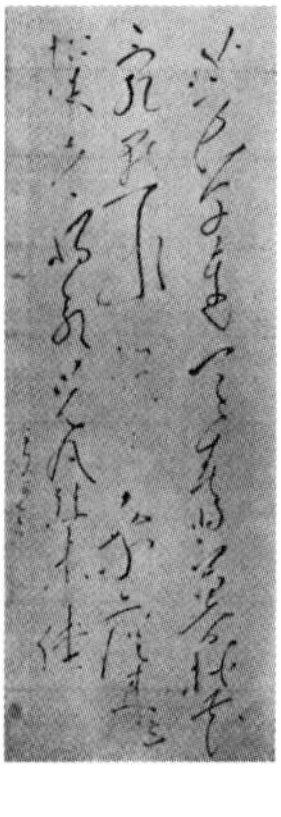

挿図3　良寛「七絶」漱石旧蔵
漱石は晩年知人を介して良寛の書を手に入れた。その返礼に自分の書を求められ、「良寛を得る喜びに比ぶれば、悪筆で恥をさらす位はいくらでも辛抱つかまつる」と述べている。

が指摘されているなど、[*22] この点は漱石の文学作品について考える上でも重要な要素の一つと言えるであろう。『ホトヽギス』における写生は、時としてリアリズムではないもの、花鳥諷詠などに行き着くこともあり、[*23] それは『草枕』の世界観などにも反映されているものと言えよう。漱石が遺した二千を越える俳句は、その多くが明治二八年(一八九五)から明治三二年(一八九九)までの五年間で作られており、漱石が黄檗関連の俳句を詠んだのもほぼこの時期にあてはまる。先述したことを考慮すれば、当然、漱石の俳句における黄檗にも注目しなければなるまい。

95 黄檗の僧今やなし千秋寺

掲出は明治二八年に詠まれた俳句であり、『漱石全集』において最初に確認することができる黄檗関連の著作である。句中に登場する「千秋寺」とは愛媛県松山市御幸に所在する黄檗宗千秋寺のことであり、無季句であるから「千秋寺」の名前に秋を掛けたものではないかとされている。

356 冬枯や夕陽多き黄檗寺

ここに登場する「黄檗寺」というのがどこの寺を指すものであるかは判然としないが、先述したように明治二八年というと漱石は松山に中学の英語教師として赴任していることからして、前掲の二句はいずれも漱石の実体験を「写生」したものと考えられるだろう。

173　行く春を鉄牛ひとり堅いぞや

句中に登場する鉄牛とは、黄檗僧鉄牛道機（一六二八―一七〇〇）を指すものである。[*24] 鉄牛は隠元や木庵に師事し、黄檗宗大本山京都宇治萬福寺の造営に大きな貢献を果たした人物であるが、知名度は黄檗三筆や高泉、独立とは異なりそれ程高くない。掲出の句は鉄牛の「鉄」と「堅い」という語を掛けた滑稽的な俳句であり、それ以外の要素を今の所見出すことはできなのだが、漱石が日本における黄檗宗の歴史をも把握していることを示唆する興味深い一句と言えるだろう。

1120　夏書する黄檗の僧名は即非

「夏書」とは、仏教において夏の期間に僧が外出せずに修行を積む夏安居の期間に写経をすることである。即非は第一節において説明した黄檗三筆の一人であるが、『漱石全集』において最も多く登場するのが即非である。また、明治三七年（一九〇四）に発表された俳体詩「富寺」の中に次のような俳句を確認することができる。

老僧が即非の額を仰ぎ見て

と、句中に「即非の額」が登場するが、この「即非の額」という言葉は明治四三年に発表された小説『門』においても確認することができる。

ある時は大悲閣へ登《のぼ》つて、即非《そくひ》の額《がく》の下《した》に仰向《あほむ》きながら、谷底《たにそこ》の流れを下《くだ》る櫓《ろ》の音《おと》を聞《き》いた。

（『門』・十四の二）

先述したように、漱石は『門』の作中において、自身の参禅体験を踏まえ主人公に参禅を体験させていることからも、漱石と禅との関係を考える上において重要な作品の一つである。掲出の場面は参禅とはさほど関係のない場面であるが、そうした作品においても黄檗の書が登場する点は興味深い。さて、作中において主人公が登った大悲閣とは、京都嵐山の千光寺内の観音堂のことである。大悲閣は寛永の三筆・本阿弥光悦（一五五八—一六三七）との交友で知られる角倉了以（一五五四—一六一四）が慶長一一年（一六〇六）に嵯峨中院にあった千光寺を移して創建し、千手観音の大慈大悲にあやかって名づけたとされている。また素庵の読書堂は大悲閣にあったとされ[*25]、文禄・慶長の役で俘虜となった朱子学者・姜沆（一五六七—一六一八）と儒学者・藤原惺窩（一五六一—一六一九）を招いた場所であることからも[*26]、文化学術的に異文化との交流を果たす場所であったと考えられている。[*27]

漱石は実際に小説が執筆された前年に大悲閣を訪れているのであるが、作中で描かれた「即非の額」の所在は長年判然としていなかった。[*28] しかし、近年の調査によってその額が悲閣了以殿に存在していることが判明した。[*29] なお、実在した即非の額には「叢竹写清音」と揮毫されていることが明らかになったが、主人公の宗助が掲出の即非の額への言及直前に、「至る所の大竹藪に緑の籠る深い姿を喜んだ」とあることからも、この額の書写内容がそうした情景描写イメージの根底に存在していると考えられている。なお、大悲閣には素庵が建立した「河道主事嵯峨吉田了以翁碑銘」という碑文があり、そこには「此年夏営大悲閣于嵐山、山高二十丈許、壁立谷深、右有瀑布、前有亀山、而直視洛中、河水流亀嵐之際、舟之来去居然可見矣」とあることからも、「ある時は大悲閣へ登つて、即非の額の下に仰向きながら、谷底の流れを下る櫓の音を聞いた」という回想もこの碑文に由来していると考えられている。まさに漱石は、自らの実体験をモティーフとし、『門』においてその体験を写生したとも言えまいか。また、野網摩利子氏は、この大悲閣を「禅と儒教とが切り結ぶ場」と評し、掲出の回想を「近世初期の、禅と袂を別ちながら、孤軍奮闘した儒教と、近世末期から近代初期にかけての、禅の問い直しの機運を感じ取る行為なのである」と考察しているが、[*30] それこそまさに漱石の経歴そのものではあると考えられるだろう。そして、漱石にとってそうした儒教（漢学）と禅を結ぶ存在こそがこうした黄檗の書であったのではないだろうか。

漱石の俳句は子規のスタイルを踏襲した写生であり、そうした俳句の中に黄檗関連の句を確認することができることからも、漱石の関心の程を窺い知ることができよう。また、『草枕』や『門』といった禅と関係が指摘されている作品において黄檗の書を確認できる点も、『門』における回想のような役割を果たしているのかもしれない。以上の点から、漱石の黄檗の書への関心は、漢学や禅へと向けられた関心の一部であり、時として、作品の中でそうした諸要素が影響し合い物語が展開されるための起点として、黄檗の書は描かれているのではなかろうか。

漱石は書作品の他にも南画作品なども自ら描いており、東洋や西洋の絵画作品に関心を示している。その中で漱石が特に関心を示していたのが江戸絵画であり、漱石がとりわけ作品を高く評価した人物の一人が『草枕』にも登場する池大雅（一七二三―一七七六）である。大雅は書においても幼少の頃より京都で高く評価された人物であり、近世を代表する能書として今日に至るまで作品は尊重されている。そうした大雅と書にまつわる話として、大雅が幼い折に黄檗山萬福寺に招かれ、当時の山主の面前で書を披露し、その書が評価され山主から賛辞を賜ったという逸話が伝えられており、後年大雅は萬福寺のために障壁画を描いているなど、大雅は黄檗宗とゆかりのある人物である。[*31] このように漱石が高く評価した文人画家にもまた黄檗宗との関係を見出すことができるのはとても興味深い。第一章で述べたように、江戸時代の儒者達と唐様の関係と同じく、江戸時代において最も重視された絵画の一つである南画や文人画も、その根本には中国文化に対する憧憬があった。幼い頃より漢学や書画に親しんだ漱石もまた徂徠や大雅の学問や作品を通し、そうした憧憬を感じていたのではなかろうか。

第四節　小結──『草枕』における黄檗の書

ここまで『草枕』における黄檗の書について考えるにあたり、漢学との関係に注目し考察を述べてきたが、最後に漱石が黄檗の書を通して何を表現したかったのかという問題について少し考えてみたいと思う。

さて、第一節において掲出した黄檗三筆および高泉の書の比較場面であるが、その前後にも主人公が美術に関して言及している場面が描かれているので次に掲げておきたい。

仰向に寐ながら、偶然眼を開けて見ると欄間に、朱塗りの縁をとつた額がかゝつてゐる。文字は寝ながらも竹影拂階塵不動と明らかに読まれる。大徹といふ落款も慥かに見える。(中略)。今此七字を見ると、筆のあたりから手の運び具合、どうしても高泉しか思はれない。しかし現に大徹とあるからには別人だらう。ことによると黄檗に大徹といふ坊主が居たかも知れぬ。それにしては紙の色が非常に新しい。どうしても昨今のものとしか受け取れない。

横を向く。床にかゝつてゐる若冲の鶴の図が目につく。是は商売柄丈に、部屋に這入つた時、既に逸品と認めた。若冲の図は大抵精緻な彩色ものが多いが、此鶴は世間に気兼なしの一筆がきで、一本足ですらりと立つた上に、卵形の胴がふわつと乗かつてゐる様子は、甚だ吾意を得て、飄逸の趣は、長い嘴のさき迄籠つてゐる。床の隣りは違ひ棚を略して、普通の戸棚につゞく。戸棚の中には何があるか分らない。（「草枕・三」）

と、このように那古井の温泉宿の一室に通された画工は、大徹の落款がある書を目にし、次いで、画工は床の間に掛かっていた伊藤若冲の水墨画に気がつく。『草枕』の舞台となっている温泉郷は実際に漱石が足を運んだ小天温泉がモデルとなっており、画工が宿泊した宿、那古井館もまた実在する宿である。ところで、ここで画工が宿泊した部屋のモデルとなった場所に、江藤淳が取材で訪れた時のことを綴っているのであるが、その中に興味深い記述があるので次に掲げたい。[*32]

湯の浦の別荘は、もともとこの案山子《あんざんし》が、来遊する政界の同志を泊めるために、村の共有温泉に隣接した所有地の竹藪《たけやぶ》を伐り開いて造ったものである。出来あがって見ると、普断遊ばせておくのが勿体ないというので、次第に増築を重ね、温泉宿の体裁をととのえるようになったが、元来商売ではじめたことではないので客あしらいに素人《しろうと》らしさがあり、茶代をもらうと処置に困って客のあとを追いかけて返したことさえあった。山川と金之助が通されたのは、この宿で一番上等とされていた三番という部屋である。

この部屋は、政界の名士が来たときに泊めるために、本宅から移築したもので、飾りつけなどもなかなか凝っていた。（中略）『草枕』の描写は、そのまま三番の部屋に掛っていた若冲の鶴をうつしたのである。

つまり、『草枕』において描かれた若冲の鶴の画は、実際漱石が宿泊した部屋に飾られていたものがモティーフとなっているということである。確かに、今日伝わる若冲筆の鶴を題材とした作品には、漱石が『草枕』において描いたような作品をいくつか確認することができる。*33 漱石は「虚子著『鶏頭』序」*34において、高浜虚子の短篇小説を具体例として掲げ、低徊趣味に立脚した禅味と俳味に通じる「余裕」の文学について述べた。『草枕』もまた、そうした「余裕」の文学に見られるような漱石の芸術観を具現化した作品と言えよう。漱石は作中においてシェリーの「雲雀の詩」と王維、陶淵明の漢詩を画工に比較させており、「成程いくら詩人が幸福でも、あの雲雀の様に思ひ切つて、一心不乱に、前後を忘却して、わが喜びを歌ふ訳には行くまい」と画工は述べるのであるが、そこで画工は喜怒哀楽が人の世の常であるとして、そこから解脱するのが東洋の詩歌であると考える。

かうやつて、只一人絵の具箱と三脚几を担いで春の山路をのそ〳〵あるくのも全く之が為である。淵明、王維の詩境を直接に自然から吸収して、すこしの間でも非人情の天地に逍遥したいからの願。一つの酔興だ。（「草枕・一」）

こうして「非人情の天地に逍遥」したいと思った画工は、東洋芸術にみられるような桃源的世界を、『ファウスト』や『ハムレット』よりもありがたく感じられるようになるのだった。前掲の文章で漱石が述べた「非人情」であるが、これは後に出てくる「憐れ」の芸術観と並び作品を読み進めて行く上で重要なファクターの一つとなる。

漱石は「非人情」と「憐れ」については人情の一部と考えていたらしく、[*35] 漱石にとっての「非人情」は認識の方法論として解釈することが可能である。つまり「非人情」とは物の見方であり、『草枕』においては美を獲得するための方法論である旨が作中において述べられている。画工は峠の茶店で婆さんに出逢い、その表情に「高砂の媼」と長沢蘆雪の『山姥』を連想しこれが見事にはまると感想を述べているが、その一方でお那美さんの顔にミレーの「オフィーリア」を思い浮かべるとそれがうまくはまらないと述べている。西洋画の技法に通じた主人公にとって、水に浮くお那美さんの姿は「オフィーリア」を連想させるのであるが、そうした「オフィーリア」の顔から、苦痛、嫉妬、憎悪、憤怒、怨恨といった様々表情を読み取るも、そのいずれもお那美さんには似つかわし

挿図4　伊藤若冲「梅と鶴」

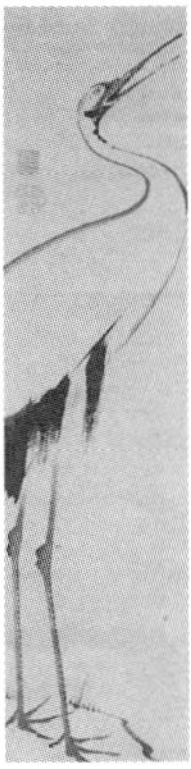
挿図5　伊藤若冲「鶴図」

くないと画工は思うのである。こうした、絵画における顔にまつわる描写は西洋美術が日本、東洋の世界に調和しないという一つのメタファクターであると考えられるのではないだろうか。漱石は画工が宿泊した部屋に実在した若冲の「鶴」を描き、そこに大徹の「竹影拂階塵不動」を書き加えた、まさしくそこには日本家屋における書画の調和した空間が描かれているのである。

漱石は西洋の文明開化は内発的であり、日本の現代の開化は外発的であるという考えを持っていた。[*36]「今迄内発的に展開して来たのが、急に自己本位の能力を失つて外から無理押しに押されて否応なしに其云ふ通りにしなければ立ち行かないといふ有様になつた」という漱石の認識は、イギリスで近代文明を直接目の当たりにした漱石ならではの指摘である。なお、漱石は『東洋美術図譜』[*37]において、英文学者である自分の書斎に並ぶ書物は金文字に飾られた外国語の著書ばかりであることに対して次のように述べている。

気が付いて見ると、是等《これら》は皆《みな》異国産の思想を青く綴《と》ぢたり赤く綴《と》ぢたりしたものゝみである。単に所有と云ふ点から云へば聊《いさゝ》か富といふ念も起るが、それは親の遺産を受継いだ富ではなくつて、他人の家へ養子に行つて、知らぬものから得た財産である。

と、漱石の将来に影響するものがすべて日本伝統の所産ではなく、海外からもたらされた思想だけであるという「意気地のない現実」について、漱石は「養子」という比喩でそれを語ったのである。

日本の近代化は西洋の影響を大きく受けた。しかし、日本人は西洋人ではない。西洋の影響を受ける度に漱石は「自分が其中で食客をしてゐる様な気持になる」という感覚を覚えたのである。[38]漱石が『東洋美術図譜』で用いた比喩は「養子」であった。漱石がそうであったように、養子には帰ることのできる家がある。しかし、「食客」には帰ることのできる家はない。東洋の伝統との関係を絶ち切る一方で、西洋の伝統とも馴染むことのできなかった当時の知識人や芸術家を指して漱石はこの比喩を用いたのである。また、同時期に森鷗外が漱石と同様の考えに至ったことはたいへん興味深い。[39]このように、漱石の他にも明治の知識人や芸術家は西洋との激突を余儀なくされたことにより、東西の文化・芸術との相異の中からアイデンティティーを見つけ出そうと模索し奔走したであろうことは想像に難くない。

漱石の西洋美術と東洋美術との関係もこうしたアイデンティティーの模索に近いものがあったであろう。英文学という学問の領域と結びつく形で西洋美術の知識を自覚的に吸収していった漱石にとってのそれは教養であったものの、幼い頃より書画に親しんだ漱石にとってそうした教養は違和感の対象でもあったのである。事実、漱石はイギリスから帰国してから後、水彩画を描き、熱心に書に親しんだ。『草枕』は、まさにそうした模索の中に生まれた作品であると言えよう。作品における黄檗の書は単純に漱石の視覚イメージとしてではなく、日本家屋における空間的調和を表現し、床の間に掛けられた若冲の画との対比によってそこに東洋独自の芸術観が表出している。そして、自身の鑑賞体験をモティーフとすることで、登場人物の記憶からの情緒の想起を試みているのである。こうした漱石の小説の方法は、『文学論』で述べられた「文学」の「内容の形式」は「焦点的印象又は観念」に「情緒」が附着したものであるとするというものに基づくものとして考えられるだろう。以上のことからも、『草枕』における黄檗の書は、禅味と俳味に通じる「余裕」の文学の象徴的存在と位置付けられるのではないだろうか。

漱石は明治四三年に中村不折の『不折俳画』の序において、[*40]「俳画を見る度に単純な昔に帰り得た様な心持がする。さうして其所に云ふべからざる一種のなつかしみを感ずる」と述べている。漱石は東洋美術を足掛かりとして、養子先の西洋よりの回帰を試みたのかもしれない。

1 「余が『草枕』」(『漱石全集第二五巻』岩波書店、一九九五)所収。
2 「明治三九年八月十二日深田康算宛書簡」(『漱石全集第二二巻』岩波書店、一九九六)所収。
3 応挙に関してはこの他にも『行人』において「波濤図」(重要文化財)を視覚イメージとして取りあげている。
4 「文学論」(『漱石全集第一四巻』岩波書店　一九九五)所収　を参照。
5 佐渡谷重信『漱石と世紀末芸術』(講談社、一九九四)を参照。
6 「戦後文界の趨勢」(『漱石全集第二十五巻』岩波書店、一九九五所収)を参照。
7 小松茂美編二玄社版『日本書道辞典』(二玄社、一九八七)一四〇頁、項目「高泉性潡」を参照。
8 島谷弘幸「唐様の書　江戸時代における中国文化の受容」(『唐様の書』東京国立博物館、一九九六所収)を参照。
9 本論考第五章を参照。
10 中島皓象「黄檗墨蹟の源流　漢民族の伝統と誇りを伝える書」(『墨　第六三号』(芸術新聞社、一九八六)四三頁。

11 小松茂美『日本書流全史』（講談社、一九七〇）六七六頁。

12 中国における茶は明代より煎茶が主流となり茶葉の生産が急増した。煎茶道の中興の祖といわれる売茶翁高遊外は黄檗僧でもあったことには留意すべきであろう。

13 『書道全集二三　日本十　江戸Ⅱ』（平凡社、一九七一）や『唐様の書』（東京国立博物館、一九九六）などを参照。

14 北川博邦「明代の書と黄檗流と近世唐様書道について」（『墨　六三号』芸術新聞社、一九八六所収）を参照。

15 隠元が日本にもたらした『四家字帖』には蘇軾や米芾、といった宋四大家の書跡を集めたものがある。

16 滝田樗陰「夏目先生と書画」（『新小説臨時増刊号』春陽堂、一九一七所収）などを参照。

17 「對話―本間久著『枯木』序―」における漱石の発言。なお、ここでは漱石は「猫」と表記されている。テクストは『漱石全集．第十八巻』（漱石全集刊行会、一九三七所収）七五七頁。

18 小宮豊隆『夏目漱石』（岩波書店、一九四七）を参照。

19 『漱石全集第二十七巻』（岩波書店、一九九六所収）「漱石山房蔵書目録」を参照。

20 「大正二年十月五日和辻哲郎宛書簡」（『漱石全集第二十四巻』岩波書店、一九九七所収）を参照。

21 「倫敦消息」、「自転車日記」（『漱石全集第十二巻』（岩波書店、一九九五所収）を参照。

22 北住敏夫「漱石と写生文」（『文化』東北大学文学会編、一九六一所収）を参照。なお、『吾輩は猫である』においても、「写生文を鼓吹する吾輩」という一節がある。

23 勝本清一郎『座談会明治文学史』（岩波書店、一九六一）を参照。

24 漱石全集第十七巻』（岩波書店、一九九四）三九頁。および『黄檗文化人名辞典』（思文閣出版、一九八八）を参照。

25 堀永休『嵯峨誌』（臨川書店、一九七四）を参照。

26 林屋辰三郎『角倉素庵』（朝日評伝選一九、一九七八）を参照。

27 野網摩利子先生によるご教授。および、野網摩利子「漱石『門』における能動的知性の回復」（『日本研究　四五巻』国際日本文化研究センター、二〇一三所収）を参照。

28 『漱石全集第六巻』（岩波書店、一九九四）五一六頁を参照。

29 前掲27を参照。

30 前掲27一一八頁。
31 松下英麿『池大雅』（春秋社、一九六七）を参照。
32 江藤淳『漱石とその時代　第一部』（新潮社、一九七〇）三五九頁。
33 挿図6〜8を参照。
34 「虚子『鶏頭』序」（『漱石全集第十六巻』岩波書店、一九九五所収）を参照。
35 「明治三九年九月三〇日森田草平宛書簡」（『漱石全集第二十二巻』岩波書店、一九九六所収）を参照。
36 「現代日本の開化」（『漱石全集第十六巻』岩波書店、一九九五所収）を参照。
37 「東洋美術図譜」（『漱石全集第十六巻』岩波書店、一九九五所収）を参照。
38 前掲36を参照。
39 鷗外は『普請中』（『鷗外全集第七巻』岩波書店、一九七二所収）において「ここは日本だ」という自覚を得て『妄想』（『鷗外全集第八巻』岩波書店、一九七二所収）においては、西洋は師ではあっても主ではなかったと述べている。
40 「不折俳画の序」（『漱石全集第十六巻』（岩波書店、一九九五所収）を参照。

［挿図出典］

挿図1：『唐様の書』（東京国立博物館、一九九六）
挿図2：『墨　第六三号』（芸術新聞社、一九八六）
挿図3：『後藤墨泉 夏目漱石両氏遺愛品入札』（東京美術倶楽部、一九三四）
挿図4、5：『夏目漱石の美術世界』（東京新聞／NHKプロモーション、二〇一三）

第四章

小説に描かれた書（二）――『行人』の場合――

第一節　描かれた書

『草枕』や『門』において漱石が黄檗の書を描いた場面は、漱石自らの鑑賞体験がモティーフとなっていた。漱石の鑑賞体験は、小説の登場人物の記憶として呼び起こされ物語の展開に影響を与えるのである。こうした点を、漱石は『文学論』において「文学」の「内容の形式」は「焦点的印象又は観念」に「情緒」が附着したものであると明言している。文学が動くための最少単位として「F＋f」という理論である。漱石が『文学論』で説いたのは、「焦点的印象又は観念」を「F」、また「情緒」を「f」とし、文学が動くための最小単位であるとしている。また、漱石自身の文学作品においてもこうした理論こそが文学が動くための最小単位であるとしている。そして、こうした「F＋f」が生じるきっかけの一つとなるのが、小説の登場人物達が出会う「書」なのである。小説の登場人物が書を鑑賞する時、その体験から「情緒」が生まれ、それが漱石がかつて感じた体験と結びつくことで、そこに創出された印象なども また登場人物の意識へと変換されるのである。

このように、漱石が現実に抱いた印象やそれに付随する情緒が物語の中でリフレインするものこそ漱石が書を通して描こうとしたものであろう。つまり、漱石の小説を読みとく際は、漱石の小説が登場人物自身にも明確に把握されていない、小説の文字として必ずしも明示されていない登場人物の意識下に浮上するものに対しても注意を払わなければなるまい。漱石の小説に描かれた書で言うなれば、小説の描写として描かれたビジュアルや作品名等といった情報の他にも、テクストとして明記されていない、描かれた書の書写内容も物語において関係性が認められるのである。[*1] 漱石の小説には、本章で取り上げるように、「御物の王羲之」、「北魏の二十品」といった、実在する書道史上の名筆が登場する。よって、先述の内容は漱石の小説に登場する書作品を考察する上において極めて重要なものであり、こうした認識や考え方の下に漱石の小説に描かれた書について再考することは十分意義のあることであろう。

さて、そうした描かれた書とその書写内容の関係が明確に表現されているのが『道草』において「龍門二十品」が登場する場面である。「龍門二十品」が登場するのは、主人公・建三が縁を切ったはずの養母から金銭の援助を請われる場面である。健三は物語において自己本位な性格として描かれており、養母から要請された金銭援助も一度は断っているのである。しかし、二度目の訪問の際、金銭援助を要請される場面においては、そこに「龍門二十品」の拓本が登場し物語の展開に関わってくるのである。健三は「龍門二十品」を目の当たりにしたことで、かつて感じた情緒がそこに生まれ、意識下へ封じていた観念が呼び起こされ意識の焦点へと浮上する。なお、この場面については、物語における描かれた書とその書写内容の関係性について指摘を行った野網氏の著述を参考にしたいと思う。[*2]

健三は「北魏の二十品といふ石摺」のなかから「ある一つを択り出して」額に入れる。それを「胡麻竹」の下にぶら下げるのだが、「竹に丸味があるので壁に落付かないせいか、額は静かな時でも斜に傾いた」(八十六)とある。つまり健三は始終それが気に掛かっている。

すると、はじめ書法や筆づかいを鑑賞するはずだった石摺の文字の意味内容が、彼の頭に忍び込む。彼は二十品のまた別のレプリカを取り出して、取り換えてみることもあるだろう。すると、また別の家族が親族のために祈っている。今までしまわれていたこれらの古い文字が日の目を見たのは、健三が「面白い気分」(八十六)で書いた文字の報酬のおかげである。(中略)その「北魏の二十品」の一つが飾られる床の間で、健三はいつもその額の見える席に座る。義母、御常の二回目の訪問でも健三は、「御常の顔を眺め」ながら「同時に」「新らしく床の間に飾られた花瓶と其後に懸つてゐる懸額とを眺め」(八十七)ている。そして自分の「不人情」(八十七)に思い至りつつ、養母にまた「五円札」(八十八)を渡す。かの原稿料の最後の五円である。文字の前に座らされた健三は、その文字が千四百年以上もまえに演じていたのと同じ行いをするのだ。

この野網氏の指摘でポイントとなるのが次の点である。

◆「龍門二十品」の拓本が入れられた額は静かな時でも傾いている。

◆健三は額の傾きを気にしている。
◆健三がいつも座るのはそうした傾いた額が目に入る場所である。
◆養母訪問の際、健三は養母の顔と、その傾いた額を目にしていた。
◆一度目の訪問では断ったものの、二度目の訪問で健三は己の不人情を自覚し金銭の援助を決意する。

まずは問題となっている「龍門二十品」について整理しておいきたい。「龍門二十品」は、河南省の洛陽に近い龍門石窟に刻された造像記の中から優れたものを選出した総称である。中国における石窟造営は四世紀頃から始まり、北魏を経て隋唐にいたる時期に盛んに行われた。その中で、龍門石窟は北魏皇帝らの発願による国家的事業の成果として大規模に造営されたものである。龍門石窟は天井の高い、奥行の深い洞窟で、本尊の釈迦三尊像をはじめ、左右壁に上下くまなく大小多くの仏像と

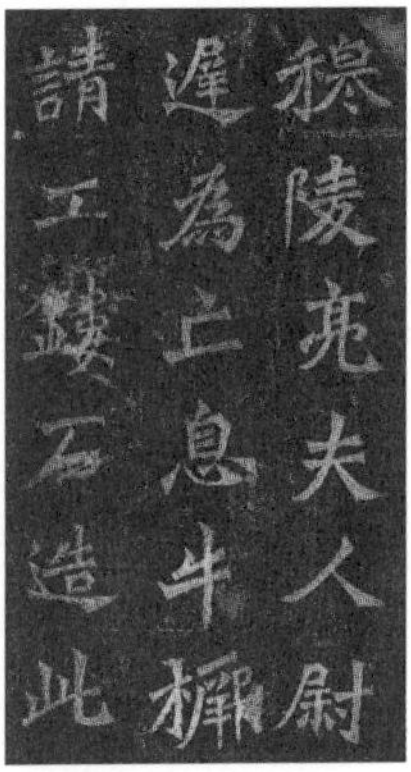

挿図1
牛橛造像記 495年（部分）
龍門二十品の一つ。丘穆陵亮の夫人尉遅が、亡き子息の牛橛の冥福を祈って、弥勒像を造りそれに願文を刻して添えた物。

挿図2
始平公造像記 498年（部分）
龍門二十品の一つ。魏霊蔵と薛法紹の二人が一族の繁栄などを祈願し、石像を作った由来が記されている。

題名・造像記が彫りつけられており、造営当時の釈迦や弥勒に対する信仰の程が窺える。それらにはおおむね造仏の由来や願文、願主の連名などが刻されており、それにより石窟と仏寵造営の過程を理解することが可能である。これら造像記の書は、中国において古来よりあまり注目されてこなかったものであるが、金石学の盛行する清の乾隆以後、造像記の墨拓本が流行するようになり、学者や書家を問わず「龍門二十品」は多くの人々に尊重されるようになり、日本においても明治時代に楊守敬が来日した折に『学書邇言』などにより伝えられたと考えられている。[*3] こうしたこともあり、「龍門二十品」もそのすべてが造像記、つまりは仏像製作の発願者、製作者、製作に至るまでの経緯などを記したものであり、その内容も亡くなった家族の為に仏像を造るという書写内容のものが多いという点が特徴である。つまり、そうした「龍門二十品」の拓本が入れられた額の傾きとは、物語における健三の不人情を表すメタファクターとして描かれていると考えることができるのである。

第二節　『行人』における「喪乱帖」

『道草』の場合のように、漱石の小説では、登場人物の意識下、もしくはそれが及ばない部分までもが緻密に描かれており、漱石はその意識を刺激するために書や画といった装置を用いる。そして登場人物はそれらに反応し、埋もれていた意識や感情を表出させるのである。そうした意識や感情が表出することで、登場人物の現在時の意識や感情が変化するのである。それは物語の外部で生じる要因ではなく、物語の中から登場人物の視覚を通して導き出されるものである。

『道草』における「龍門二十品」の例は、登場した書作品の内容が物語の展開とクロッシングし影響を与えるという点、また漱石の文学作品に描かれた書を考える上でも重要なケースである。しかし、こうした分析を行うにあたっては、登場する書作品が実在するか否かという点に留意する必要がある。ところで書や絵画といった美術作品が描かれている場面が数多く存在する漱石の作品において、実在するもの、またはその記述から作品が特定できるものなどは存外少ないが、その数少ない例として掲げられるものが『行人』に登場する「喪乱帖」(挿図3)である。

『行人』は大正元年(一九一二)から翌年まで「朝日新聞」で連載された長編小説であり、物語は長野家の長男で大学教授の一郎が、妻である直への不信感から人間や社会に対してまで不信感を抱くという近代知識人の苦悩を描いた作品である。『行人』における「喪乱帖」が登場する場面は、既に第二章において掲げたように、作中において「喪乱帖」という名前は記述されていないものの、「御物の王羲之」という一文からこれが「喪乱帖」であると推定することができる。漱石は明治四四年に東京国立博物館にて展覧会「主として唐宋元明より清朝にいたる支那画及び筆跡」に足を運び、そこで「喪乱帖」を鑑賞したと考えられている。実際の鑑賞体験がモティーフとなっていることからも、漱石が現実に抱いた印象やそれに付随する情緒が物語の中でリフレインされている可能性も考えられるであろう。

さて、『行人』において「喪乱帖」が登場する場面で注目したいのが、物語の語り手である二郎がそれを見て、「詰まらなく見える」という感想を抱いている点である。第二章で掲げたように、漱石は「趣味の遺伝」においても、主人公に王羲之の筆跡に対して批判的な感想を述べさせているが、先述の内容を踏まえれば、こうした語り手の感想には「喪乱帖」の書写内容が寄与している可能性も考えられるであろうし、その感想自体が作品の主題等と関係している可能性も否定することはできない。またこれと並行して、漱石の書道観もこのような感想に結びついている可能性も考慮しなければなるまい。『行人』は、漱石文学における後期三部作に数えられるように漱石晩年の作品である。漱石の晩年は、生涯において最も書に親しんでおり、この頃の漱石は人の求めに応じて作品を揮毫することも多く、横山大観の求めに応じて揮毫した「詩軸」（大観天地趣）等は丁度『行人』と同時期に揮毫された作品である。「喪乱帖」は王羲之の行

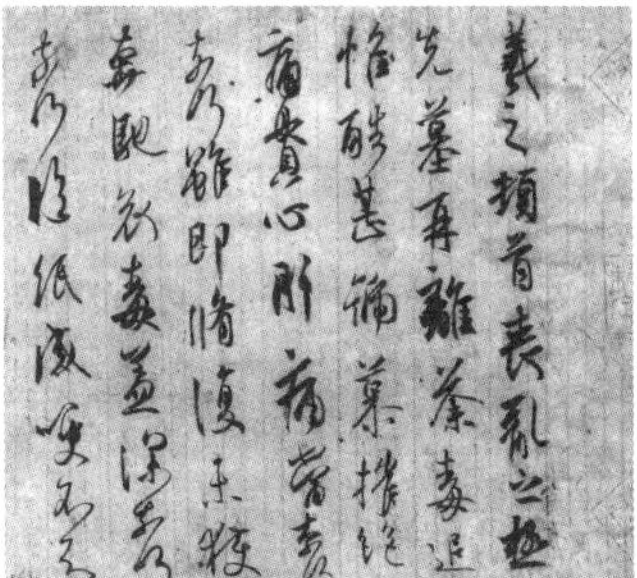

挿図3　王羲之「喪乱帖」（部分）宮内庁三ノ丸尚蔵館蔵

書を非常に精巧な双鉤塡墨で伝えるものである。王羲之の行書は、一言で称すれば極めて緻密である。「蘭亭序」に象徴されるよう、筆者の意匠が作品の一文字一文字にまで感じられる繊細さを備えている。それに対し、漱石が晩年好んだ良寛や寂厳、明月といった僧侶の書は、そうした王羲之の書とは対極的な自由闊達な書と称することができよう。当時漱石が揮毫した作品の中には、良寛等の影響を受けたであろう草書作品が多いこともあり、[*4] 当時の漱石が「喪乱帖」を目にし、「詰まらなく見える」という印象を抱いた可能性も十分考えられるであろう。

しかし、『行人』において二郎達登場人物は、「喪乱帖」だけを鑑賞したわけではない。「喪乱帖」の前に千利休（一五二二―一五九一）の書を鑑賞し、「喪乱帖」を観終えた後に円山応挙の画を鑑賞しているが、その一連の鑑賞体験は次の通りである。

　表慶館《へうけいくわん》で彼《かれ》は利休《りきう》の手紙《てがみ》の前《まへ》へ立《たつ》て、何々《なに〳〵》せしめ候《そろ》……かね、といつた風《ふう》に、解《わか》らない字《じ》を無理《むり》にぽつ〳〵読《よ》んで居《ゐ》た。御物《ぎよもつ》の王羲之《わうぎし》の書《しよ》を見《み》た時《とき》、彼《かれ》は「ふうん成程《なるほど》」と感心《かんしん》してゐた。其書《そのしよ》が又自分《またじぶん》には至《いた》つて詰《つ》まらなく見《み》えるので、「大《おほ》いに人意《じんい》を強《つよ》うするに足《た》るものだ」と云《い》つたら、「何故《なぜ》」と彼《かれ》は反問《はんもん》した。

　二人《ふたり》は二階《かい》の広間《ひろま》へ入《はい》つた。すると其処《そこ》に応挙《おうきよ》の絵《ゑ》がずらりと十幅《ぷく》ばかり懸《か》けてあつた。それが不思議《ふしぎ》にも続《つゞ》きもので、右《みぎ》の端《はじ》の巌《いは》の上《うへ》に立《た》つてゐる三羽《ば》の鶴《つる》と、左《ひだり》の隅《すみ》に翼《つばさ》をひろげて飛《と》んでゐる一羽《は》の外《ほか》は、距離《きより》にしたら約《やく》二三間《げん》の間《あひだ》悉《こと〴〵》く波《なみ》で埋《うま》つてゐた。

「唐紙《からかみ》に貼《は》つてあつたのを、剝《は》がして懸物《かけもの》にしたのだね」
一幅毎《ぷくごと》に残《のこ》つてゐる開閉《あけたて》の手摺《てづれ》の痕《あと》と、引手《ひきて》の取《と》れた部分《ぶぶん》の白《しろ》い型《かた》を、父《ちゝ》は自分《じぶん》に指《さ》し示《しめ》した。自分《じぶん》は広間《ひろま》の真中《まんなか》に立《た》つて此雄大《このゆうだい》な画《ゑ》を描《か》いた昔《むかし》の日本人《にほんじん》を尊敬《そんけい》する事《こと》を、父《ちゝ》の御蔭《おかげ》で漸《やうや》く知《し》つた。（「行人・塵労八」）

既に掲出した部分と重複する箇所もあるが、登場人物達の鑑賞体験を追うために再度掲げた。二郎達が見た利休の書について詳細は判然としないが、応挙の画は実在する「波濤図屏風」（重要文化財）と推定され、おそらく漱石も実際にこの屏風を目にしたのではないかと考えられている。*5 ここで注目すべきは、二郎がこの鑑賞体験を経て利休から王羲之、王羲之から応挙へと作品を見る毎に二郎の情緒に変化が生じており、最終的には「雄大な画を描いた昔の日本人を尊敬する事を、父の御蔭で漸く知つた」と、「波濤図屏風」の鑑賞体験から創出された印象が二郎の意識に変化を与えている点であろう。つまり、この鑑賞体験はそれぞれ単独では意味を成すものでなく、この一連の体験を以て漱石は二郎の意識へと働きかけていると言えよう。

以上のことからも、『行人』において「喪乱帖」が登場する場面は『道草』における「龍門二十品」と同様の役割を果たしている可能性、つまり、「龍門二十品」の書写内容が健三の行動を決定づけたように、『行人』においても、「喪乱帖」の鑑賞体験が二郎の意識内で変化させる為のメタファクターとしての役割を担っている可能性が考えられよう。本章では、そうした『行人』における「喪乱帖」

について、作中において明示されていない書写内容と物語の関係性を明らかにしたい。

第三節　『行人』の構成

『行人』の物語は、「友達」、「兄」、「帰つてから」、「塵労」の四篇から構成されている。自分（二郎・語り手）は親戚の娘、お貞の縁談の相手である佐野に会うため大阪を訪れる。自分の家に同居する仲人役の岡田・お兼夫婦の家に泊まるが、そこに岡田の誘いにより、母と兄夫婦も大阪にやって来るのであった。兄の一郎は学者であり、妻・直との関係に悩むあまり、妻の貞操を試す為に、二郎と二人で和歌山へ旅行してくれと二郎に頼む。二郎は日帰りの予定で和歌山へ出かけることになるが、途中暴風雨に襲われ、お直とふたりで一夜を過ごすこととなる。

東京に帰ってからも兄夫婦の仲は冷然としており、二郎は和歌山の一夜の報告を一郎へできずにいた。そうした中、ある日客をもてなす父親から、自分を捨てた男の真意を二十何年後になお知りたがっていたという女の話を聞く。これがきっかけとなり、一郎から和歌山の報告を求められ、二郎は直の不貞というのは一郎の妄想にすぎないと答える。それを聞いた一郎は激怒し、兄弟の間には確執が生じる。やがて兄弟の確執は家族全体へ波及し一郎の不機嫌が家庭の雰囲気をも暗くし、二郎はたまりかね家を出て下宿を始めるのであった。

そうして家を出た二郎の下に直が訪れ、夫婦関係は悪化するばかりだと話を聞く。また、友人の三沢からも兄に神経衰弱の疑いがあるとの話も聞く。二郎は父母と相談して、兄の親友であるHさんに兄を療養の旅に連れ出してもらうことにする。二人が旅に出てから十一日目に、Hさんから旅先の近況を知らせる長文の手紙が届くのであった。

以上が『行人』のあらすじである。この中で「喪乱帖」が登場するのが第四編「塵労」において、二郎と父が東京帝室博物館を訪れる場面においてである。一郎の神経衰弱の悪化を耳にしてから数日後、二郎は「突然父から事務所の電話口まで呼び出され」翌日に父が二郎のもとまで出向くことになる。なお、こうした父の呼び出しが二郎にとって「違例な事」（塵労・六）であった点には、その後のテクストを読み進めていく上でも留意しなければなるまい。こうして二郎は父と二人で上野の表慶館へと出向き、「喪乱帖」を眼にするのである。表慶館を出た後、父はこのまま実家まで出向くように誘い二郎はこれに従う。実家についた後、二郎は家族から一郎の近況報告を受けるのであった。

さて、二郎には「喪乱帖」が「詰まらなく見える」わけであるが、その時点において二郎が「喪乱帖」の書写内容を把握することができたか、という点について一考を加えなくてはなるまい。二郎は物語の語り手であるため、作中において本人の具体的な描写はほとんどされていない人物であるが、呉春（一七五二―一八一一）や狩野探幽（一六〇二―一六七四）の画に対する言及があることからも日本画に関する教養を備えていることが窺える。

床《とこ》の間《ま》に懸《か》けてある軸物《ぢくもの》も反《そ》つくり返《かへ》つて居《ゐ》た。

「なに日《ひ》が射《さ》す為《ため》ぢやない。年《ねん》が年中《ねんぢう》懸《か》け通《とお》しだから、糊《のり》の具合《ぐあひ》であゝなるんです」と岡田《をかだ》は真面目《まじめ》に弁解《べんかい》した。

「成程梅《なるほどうめ》に鶯《うぐひす》だ」と自分《じぶん》も云《い》ひたくなつた。彼《かれ》は世帯《しよたい》を持《も》つ時《とき》の用意《ようい》に、此幅《このふく》を自分《じぶん》の父《ちゝ》から貰《もら》つて、大得意《おほとくい》で自分《じぶん》の室《へや》へ持《も》つて来《き》て見《み》せたのである。其時自分《そのときじぶん》は「岡田君此呉春《をかだくんこのごしゆん》は偽物《ぎぶつ》だよ。夫《それ》だからあの親父《おやぢ》が君《きみ》に呉《く》れたんだ」と云《い》つて調戯半分岡田《からかひはんぶんをかだ》を怒《おこ》らした事《こと》を覚《おぼ》えてゐた。

二人《ふたり》は懸物《かけもの》を見《み》て、当時《たうじ》を思《おも》ひ出《だ》しながら子供《こども》らしく笑《わら》つた。（「行人・友達二」）

奥《おく》には例《れい》の客《きやく》が二人床《ふたりとこ》の前《まへ》に坐《すわ》つてゐた。二人《ふたり》とも品《ひん》の好《よ》い容貌《ようばう》の人《ひと》で、其薄《そのうす》く禿《は》げ掛《か》つた頭《あたま》が後《うしろ》に掛《か》つてゐる探幽《たんにう》の三幅対《ぷくつゐ》と能《よ》く調和《てうわ》した。（「行人・帰つてから十二」）

探幽は幕府の御用絵師として活躍し、江戸狩野派中興の祖として大きな影響を与えた画家であり、その作品は大名家等において尊重された。二郎の実家である長野家は、「番町」、つまり現在の東京都千代田区に住居を構えている。当時の番町は山の手の高級住宅街であり、「公の務を退いた」元高級官吏の父を訪ねて「貴族院の議員」や「会社の監査役」が訪問していることからも、長野家が一般家庭よりも高い水準の家庭にあることが解る。なお、鹿鳴館外交で知られる井上馨（一八三六―一九一五）の蔵番を務めた松山喜太郎（一八三六―一九一六）による見聞録などをまとめた『つれづれの友』には、明治三七年に行われた入札会において、狩野探幽の「禅月模羅漢三幅対」が「六百円」で落札されたことが記録されている。[*6]『行人』において、探幽の三幅対は客人を出迎えた折の床の間に掛けられたものであるからして、探幽の画は長野家の家庭水準を表す象徴として描かれていると考えられよう。

一方、呉春の鑑賞体験は二郎がその体験を通じて過去の記憶を呼び起こし、物語において情緒の復起が見られていると言えよう。探幽の場合では、その画は情景描写として描かれているが、呉春の場合では、その鑑賞体験に付随する意見ないし情緒の復起についての内容が二郎の台詞として発せられている。こうした物語内における描写の違いにより、登場する絵画や書が果たす役割が異なるという点には留意すべきである。

ここまで『行人』における美術鑑賞の場面を取り上げてきたが、登場した画家が、狩野探幽、円山応挙、呉春とこの組み合わせには興味深い点があろう。江戸時代前期の絵画は、狩野探幽を中興の祖とする狩野派がその中心となった。しかし、それがやがて流派という形式主義に囚われるようになると、京都を中心に新しい表現を確立させようとする動きが活発となった。そして、江戸中期に勃興した、江戸時代後期の絵画史を席捲したのが、円山応挙をルーツとする円山派と呉春をルーツとする四条派、いわゆる円山四条派と総称される画派である。対象となるモティーフを緻密に描く写生的表現と、作品全体の余情的紙面構成により清新な表現を生み出した応挙であるが、その表現の確立までには、琳派や狩野派といったそれまでの日本画や中国の各時代の様式の学習、また当時もたらされたばかりの、西洋の透視遠近法といった最先端の技法を取り込むなど、内外の美術や学問文化に対する強い関心と、それらを積極的に学ばんとする姿勢があった。そして、そうした応挙の表現を洗練させ、新たな写生表現を打ち立てたのが呉春である。[*7] こうした応挙の姿勢、そして呉春に至るまでのプロセスは日中書道文化の伝統と継承と重なる部分があろう。特に、円山四条派が起こった当時は、書の方面においても、唐様の隆盛が始まる頃と一致し、同世代の池大雅もまた京都で活躍しているなど、絵画と書道という二つの芸術がまるでシンクロニシティーを起しているとも言えるのである。ともあれ、応挙の姿勢は、漱石が理想とした近代文明の在り方とも重なる部分がある。そして、そうした応挙と、王羲之の書をまるで対比させるような場面を漱石は『行人』で描いている訳であるのだから、やはり『行人』において、「喪乱帖」や美術鑑賞といったポイントには注目せざるを得ない。

さて、こうした鑑賞体験は『行人』の中で幾つか確認することができるが、書に関しては、「喪乱帖」とは別にもう一つの鑑賞体験が描かれている。

彼《かれ》は三尺《さんじやく》の床《とこ》を覗《のぞ》いて其処《そこ》に掛《か》けた幅物《ふくもの》を眺《なが》め出《だ》した。

「丁度《ちやうど》好《い》いね」

其軸《そのじく》は特《とく》に此処《ここ》の床《とこ》の間《ま》を飾《かざ》るために自分《じぶん》が父《ちゝ》から借《かり》りて来《き》た小形《こがた》の半切《はんせつ》であつた。彼《かれ》が「是《これ》なら持《も》つて行《い》つても好《い》い」と投《な》げ出《だ》して呉《く》れた丈《だけ》あつて、自分《じぶん》には丁度好《ちやうどよ》くも何《なん》ともない変《へん》なものであつた。自分《じぶん》は苦笑《くせう》してそれを眺《なが》めてゐた。其処《そこ》には薄墨《うすずみ》で棒《ぼう》が一本筋違《ぽんすぢかひ》に書《か》いてあつた。其上《そのうへ》に「此棒《このぼう》ひとり動《うご》かず、さはれば動《うご》く」と賛《さん》がしてあつた。要《えう》するに絵《ゑ》とも字《じ》ともつかない詰《つま》らないものであつた。

「御前《おまへ》は笑《わら》ふがね。是《これ》でも渋《しぶ》いものだよ。立派《りつぱ》な茶懸《ちやがけ》になるんだから」

「誰《だれ》でしたつけね書《か》き手は」

「それは分《わか》らないが、何《いづ》れ大徳寺《だいとくじ》か何《なん》か……」

「さう〳〵」

父《ちゝ》はそれで懸物《かけもの》の講釈《かうしやく》を切《き》り上《あ》げようとはしなかつた。大徳寺《だいとくじ》がどうの、黄檗《わうばく》がどうのと、自分《じぶん》には丸《まる》で興味《きようみ》のない事《こと》を説明《せつめい》して聞《き》かせた。仕舞《しまひ》に「此棒《このぼう》の意味《いみ》が解《わか》るか」抔《など》と云《い》つて自《じ》分《ぶん》を悩《なや》ませた。（「行人・塵労七」）

掲出の場面は、「喪乱帖」を鑑賞する前に二郎の下宿先に父が訪れた際に描かれた鑑賞体験である。プロットにおいては、書を観た二郎が「詰まらない」という印象を覚える点や、その体験に関して父から質問を受け

挿図4　白隠「鉄棒図」

る点などが共通していることには注目できるだろう。ここで描かれている墨蹟は棒をモティーフとしたものである。これは中国唐代の禅僧である徳山宣鑑（七八二―八六五）が棒を用いて修行中の者を打ち据えたことに由来するものであり、臨済宗の開祖である臨済（?―八六七）と並び、「臨済の喝徳山の棒」と禅修行の厳しさを例える言葉と知られている。[*8] そしてそれが由来となり古くから墨蹟のモティーフとして棒は用いられたのであった。[*9] この墨蹟に関しては、「此棒ひとり動かず、さわれば動く」という賛が、物語の時間的構造の方向性を考える上で、回想時点、つまり過去の時間の流れに沿った一定の方向性を保って物語が進行する『行人』の構造において各篇の連鎖を強め相互関係を暗示させるものとして指摘されている。[*10]

以上のように、『行人』では登場する墨蹟の賛が物語の構成と関係することが指摘されており、「喪乱帖」が登場する場面の描写もまた、呉春の場合同様の構成が採られていると言えよう。そして、こうした点もまた本章の主題を考える上で留意すべき点であろう。

第四節　「喪乱帖」の書写内容について

本章においては、小説の中に明示されていない「喪乱帖」の書写内容と『行人』との関連性について考えたいが、前提条件として、「喪乱帖」を目にした二郎がその書写内容を把握し理解できる人物であるかという点についてまず考えなくてはなるまい。例えば、『道草』における健三であれば、漱石の自伝的小説という設定上、健三のディテールは漱石自身であると言え、そうであるならそうした条件が成立すると言えよう。

二郎は、物語中では建築事務所で図面を引く仕事をしている。建築学は近代以降西洋から輸入された当時最先端の学問であり、それを学ぶことができたのも明治期においては東京帝国大学や京都帝国大学などの限られた高等教育機関であった。こうした点からも、二郎が当時における高等教育を修めていることが推察できる。

当時の高等教育において、漢文・漢語の知識を習得することは必須と言えるものであった。というのも、明治二〇年頃までは現代で言うところの「国語」にあたる概念の未生の時期とされており、「漢文」と「国語」の区分が不明確であったと考えられている。[*11] 明治一〇年代は江戸時代後期の漢文教育を継承しつつ近代的な「国語」と「漢文」の枠組みが模索されていた時代であったとされている。当時の小学校中等科の読本などはそのほとんどが漢文訓読の影響が強い普通文であり、[*12] 明治一九年に公布された「中学校令」において、「国語及漢文」という科目が登場する以前は江戸時代後期の漢文教育を継承しつつ、近代的な「国語」「漢文」の枠組みが模索されていた時代であったと考えられている。[*13] そうしたこともあり、明治一〇年（一八七七）に設立された東京大学の理学部工学科（東京帝国大学工学部の前身）の第三学年の必修科目として、「和漢文學」という科目が設定されている。また、その予備機関であった東京大学予備門においても「和漢學」という科目において『日本外史』といったテクストを学習しており、[14] こうしたことからも、漱石が幼年期から青年期を過ごした当時の高等教育において、漢文の素養は必須であったことが窺える。そして、こうした漢文の学習は、その後の近代中等教育のカリキュラムの中に存続したのであり、[15] 明治期に高等教育を受けた二郎であれば、「喪乱帖」の内容を把握することが可能であったと考える。

以上の点を踏まえ、「喪乱帖」の書写内容に目を向けてみたいと思う。「喪乱帖」は帖首の「喪乱」の二字を取って名づけられたものであるが、全体の構成として数通の書簡・断簡からなるものである。はじめの八行が一通の書簡の体をなし、第九から一〇行、第一一行から一二行、第一三行は断簡から構成されており、第一四行から末行までの四行がまた一通の書簡の体を成している。[16] この中でも、文意を読み解くことができるのが、はじめの八行（以下①）と第一四行から末行までの部分（以下②）である。よって本章で取り上げるのはこの二つの書簡の内容に関してとしたい。

①
羲之頓首。喪乱之極。
先墓再離荼毒。追
惟酷甚。號慕摧絶。
痛貫心肝。痛當奈何

奈何。雖即脩復。未獲奔馳。哀毒益深。奈何奈何。臨紙感哽。不知何言。羲之頓首頓首。

二謝面未。此面。遲詠。良不静羲之女愛再拝。

想邵兒采佳。前患者善。所送議當試尋省。

左邊劇。

②

得示知足下猶未佳。耿々。吾亦劣々。明日出乃行。不欲觸霧故也。遲

散王羲之頓首

釈文*17

①

戦乱の極みに、先祖の墓が再び災害で荒らされて残念でたまらない。嘆きかなしみ心もくだけるばかりである。この痛ましさはいかんともするすべもない。さっそく修理をしても、まだ駆けつけることはできない。悲しみはますます深くなるばかりである。どうしたらよいであろうか。手紙をかきながら胸がこみあげるばかりで、何と言ってよいかわからない

②

手紙をもらってあなたがまだ健康がすぐれないと知って、心が落ちつかない。私もまたはかばかしくない。明日、日が出てから行く。霧に触れたくないからである。服んだ薬の散発するのを遅《ま》っている。

「喪乱帖」の書写内容を確認したところで、次はその内容と『行人』の物語との関係性について考察してみたい。順番は前後するが、まずは②から確認したい。最初に注目すべき点は「手紙をも

らってあなたがまだ健康がすぐれないと知って」とあるように、この部分は知人から健康が優れない旨を伝える手紙を受け取ったことに対する王羲之の返信であることがわかるが、この「誰かの健康が優れないことを知る」という点において、「喪乱帖」の書写内容と二郎の境遇には共通する部分があると言えよう。ところで、「喪乱帖」の筆者である王羲之もまた、現存する尺牘から病弱な体であった様子が窺える。例えば、「奉橘帖」では自分が服用した薬で体が冷え苦しんでいる様子が、「初月帖」では体力の衰えや自己の体調の悪さを綴っている。その他の尺牘を見ても、平常における病弱な身で、薬の服用で体調を管理していたようであり、人間としての精神的な弱い部分を垣間見ることができる。「喪乱帖」をはじめとした王羲之の尺牘の内容には、『行人』の一郎自身を彷彿させる部分がある事は興味深い点だろう。[*18]

二郎は家を出て一人下宿暮らしを始めるが、間も

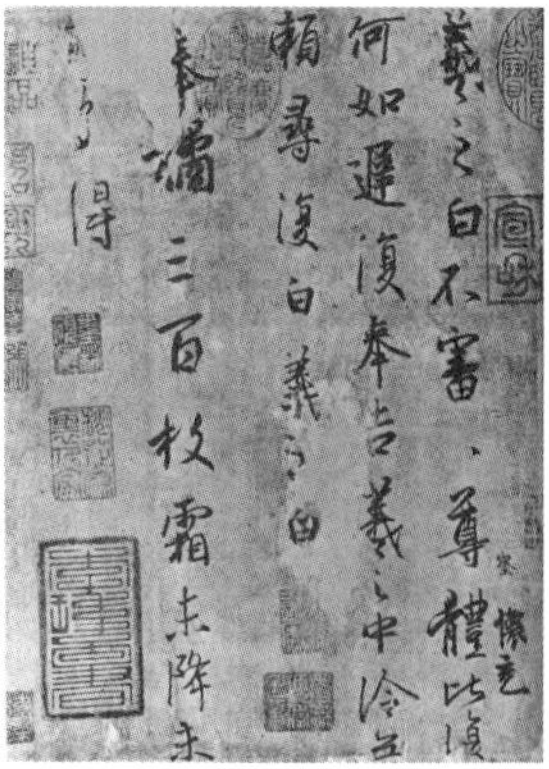

挿図5　王羲之「奉橘帖」部分
「奉橘三百枚」とあるように、みかんを三百個献上した内容に因む命名。ここでは自分が服用した薬で体が冷え苦しんでいる旨が綴られている。

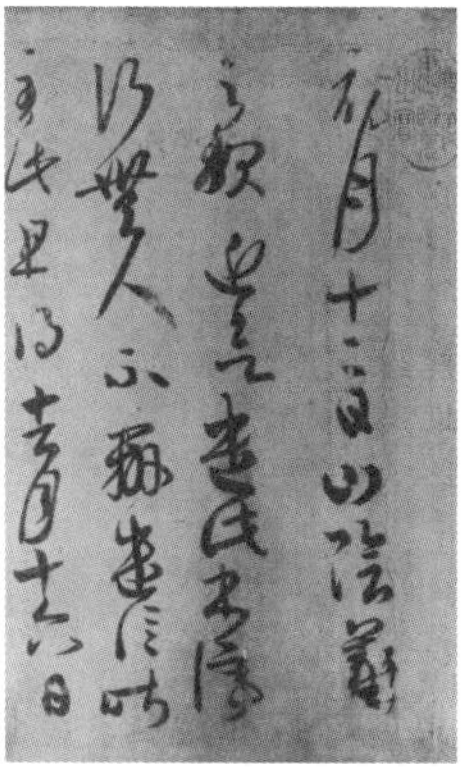

挿図6　王羲之「初月帖」部分
書き出しの「初月」に因む命名。旅による疲れや、体調の悪さを率直に綴っている。

なくして友人の三沢から、一郎の様子がおかしく神経衰弱に陥っているかもしれないとの話を聞かされる（「行人・帰ってから三十」）。一郎の神経衰弱は「彼は自分で時々公言する如く多少の神経衰弱に陥つてゐた」（「行人・帰ってから二」）と以前より作中において示唆されていた問題であった。二郎は家を出る直前の兄との口論においてその様子がおかしいことを察するが、そうなった原因に自分が関わっていることを認めており、「何うしても自分が責任者と目指されてゐるといふ事実を、猶更苟く感じなければならなかつた」（「行人・帰ってから二十八」）と責任を感じている様子が窺えよう。

　さて、王羲之は自身に手紙を送った知人の様子が気にかかり「心が落ち着かない」と綴っているが、二郎もまたそうした一郎の様子が気になるあまり、「直接兄に会ふのが厭」（「行人・帰ってから三十二」）と思いつつも一度家へ戻って家族から兄の様子を伺っているのである。

　夫《それ》から二三日しても兄《あに》の事《こと》がまだ気《き》に懸《かゝ》つたなり、頭《あたま》が何《ど》うしても自分《じぶん》と調和《てうわ》して呉《く》れなかつた。自分《じぶん》はとう〳〵番町《ばんちやう》へ出掛《でかけ》て行《い》つた。（中略）
自分《じぶん》は帰《かへ》り際《きは》に、母《はゝ》を一寸《ちよつと》次《つぎ》の間《ま》へ呼《よ》んで、兄《あに》の近況《きんきやう》を聞《き》いて見《み》た。母《はゝ》は此頃《このごろ》兄《あに》の神経《しんけい》が大《だい》分《ぶ》落《お》ち付《つ》いたと云《い》つて喜《よろこ》んで居《ゐ》た。自分《じぶん》は母《はゝ》の一言《いちごん》でやつと安心《あんしん》したやうなものゝ、母《はゝ》には気《き》の付《つ》かない特殊《とくしゆ》の点《てん》に、何《なん》だか変調《へんてう》がありさうで、却《かへ》つてそれが気掛《きがゝ》りになつた。（「行人・帰つてから三十二」）

と、このように二郎は母から一郎の精神状態が落ち着いたと聞かされてもなおその様子を気にかけているのである。こうした二郎の境遇は、まさに「兄の精神（健康）状態がすぐれないと知って、心が落ちつかない」状態にあり、「喪乱帖」に綴られた王羲之の状態と一致すると言えるのではないだろうか。

次に、①「喪乱帖」との関係性について考察を試みたいと思うが、この点について話を進める前に、『行人』において描かれている主題等について確認しておきたいと思う。

『行人』の物語において大きな問題となるのが、一郎と二郎の兄弟間に生じる確執についてであり、この確執が決定的となったのが一郎の妻・直との夫婦問題である。第二編「兄」において、一郎は「直は御前に惚れてるんぢやないか」（「行人・兄十八」）といった疑念を二郎へと投げかける。そうした疑念がついには「直の節操を御前に試して貰ひたい」、「お前と直が二人で和歌山へ行つて一晩泊まつてくれれば好いんだ」（「行人・兄二十四」）、と二郎に直を旅行へと連れ出しその貞操を確かめるように促す。この出来事をきっかけとして、一郎と二郎との間には確執が生じたのである。こうした夫婦間、兄弟間の問題がやがて長野家全体へと波及するのであるが、こうした兄弟間の確執から浮かび上がった近代日本における「家」というシステムが抱えた問題が、物語を読み解く上で重要な意味を持つと言えよう。

『行人』において主題として取り上げられているのが、近代における「家」というシステムや「家族」という共同体の在り方についてである。漱石の『門』以降の小説にはそうした家庭が描かれており、明治四〇年から『朝日新聞』に連載された作品は、家庭や家族が女性によって壊される物語であるという点が共通している。[*19]『行人』においても、こうしたテーマについてはこれまでにも多くの指摘が行われており、研究・整理も行われてきた。[*20]物語では、「長野家」という一つの家が再編成（長男を残し、二男や長女が家を出ていく）される様子が描かれているが、それは現代で言うところの核家族化であり、物語における家の再編成とは、家長が家というシステムを統率していた時代から、家長を中心とした核家族へ変換する過程と言え、[*21]こうした家族の再編成を家族の「解体」という形、あるいは、長男を残し、二男と長女が家から出ていく様子を排出とも捉えることができる。[*22]

先述したように、長野家は、二郎達兄弟の父が職を退いていることからも、物語の現在における家長は長男の一郎である。つまり、物語中において長野家の経済的基盤は大学の教員である現家長一郎に委ねられていると考えられよう。例えば、明治民法には「七四七条　戸主ハ其家族ニ対シテ扶養ノ義務ヲ負フ」、「九五四条　直系血族及ヒ兄弟姉妹ハ互ニ扶養ヲ為ス義務ヲ負フ」と規定しており、当時の家族制度において戸主はその家族および直系血族等に扶養義務を負うものとされていたのである。[*23]こうしたことからも、家長の家族に対する権威が、家の存続、つまりは家族を養える経済力によって保証されていたと考えることが可能であり、それらの責務を担うが故に、日本では古くから家の長男、すなわち将来の家長が大事に育てられたと言えよう。

長野家においてもそうした家長教育は行われていたようであり、それは二郎の「父が昔堅気で、長男に最上の権力を塗り付けるやうにして育て上た結果である」（「行人・兄二」）という発言からも、長野家が「家」というシステムを踏襲した家族として語られていると言えよう。*24 このようにして、長野家は家長が父親から一郎に替わることで、一郎を中心とした新たな「家」というシステムが構築されようとしているのである。しかし、こうした家長の交代は、長野家にとって一郎以外にも経済的に独立し得る存在、つまり二郎という「家」を形成する上での障害を浮かび上がらせたのであった。

「二郎《らう》、御前《おまへ》が居《ゐ》なくなると、宅《うち》は淋《さむ》しい上《うへ》にも淋《さむ》しくなるが、早く好《い》い御嫁《およめ》さんでも貰《もら》つて別《べつ》に成《な》る工面《くめん》を御爲《おし》よ」と云つた。自分《じぶん》には母《はゝ》の言葉《ことば》の裏《うら》に、自分《じぶん》さへ新《あたら》しい家庭《かてい》を作《つく》つて独立《どくりつ》すれば、兄の機嫌《きげん》が少《すこ》しは能《よ》くなるだらうといふ意味《いみ》が明《あか》らさまに読《よ》まれた。（中略）然《しか》し自分《じぶん》も既《すで》に一家《か》を成《な》して然《しか》るべき年輩《ねんぱい》だし、又小《またちい》さい一軒《けん》の竈位《かまどくらゐ》は、現在《げんざい》の収入《しうにふ》でも何《ど》うか斯《こ》うか維持《いじ》して行《い》かれる地位《ちい》なのだから（「行人・帰つてから二十」）

二郎は建設事務所に勤めるサラリーマンであることからも、家というシステムから独立することが可能な家族構成員である。母の発言の裏を二郎が読み取ったように、二郎が家を出ていくことは、兄と弟の確執による家庭内の雰囲気を解決する手段としての提案である一方で、一郎に匹敵する経済力を有する二郎を排出することによって、家というシステムの秩序を守ることに繋がろう。二郎が一郎との確執をきっかけとして実家を離れることは、二郎の排除による家秩序の再構築とも考えられるのである。[*25]

以上のような、『行人』における家族論を踏まえた上で「喪乱帖」の書写内容①に目を向けたい。①は②とは異なり、その内容が二郎の境遇と一致するような点は『行人』の物語から確認することはできない。しかしその一方で、これまで述べてきた『行人』の主題や取り上げられているテーマとは全く無関係とは言い難い点もある。例えば、日本において①に記されたような、先祖代々の墓を監理する責務を負うのは家長である。二郎が家を出た理由に関しては、一郎との確執とは別に家長を中心とした家の維持という理由も内包されている。それゆえに、二郎が王羲之の心持に触れて「詰まらなく見える」ことも十分考えられるであろうし、二郎の鑑賞体験に経るまでの記憶を「喪乱帖」の書写内容によって呼び起こしているとも言えよう。「喪乱帖」により、二郎の情緒は喚起され意識下へと覚醒する。それらのものが二郎の中で再生されることにより、過去を追憶し、やがてその情緒が内面より溢れ出し、現在進行形となることで二郎の行動や言葉となってその情緒が表出する。「大いに人意を強うするに足るものだ」と「喪乱帖」を観た二郎の口から出たこの言葉は、そうした二郎の内面に溢れ出た情緒に他ならぬのではあるまいか。

なお、二郎は「喪乱帖」を観た後、実家へと連れられ父母から一郎の近況を聞かされるのであるが、二郎はその話を聞いて次のようなことを思うのである。

彼等《かれら》の不平《ふへい》のうちには、同情《どうじやう》から出《で》る心配《しんぱい》も多量《たりやう》に籠《こも》つてゐた。彼等《かれら》は兄《あに》の健康《けんかう》について少《すくな》からぬ掛念《けねん》を有《も》つていた。其健康《そのけんかう》に多少《たしやう》支配《しはい》されなければならない彼《かれ》の精神状態《せいしんじやうたい》にも冷淡《れいたん》ではあり得《え》なかつた。要《えう》するに兄《あに》の未来《みらい》は彼《かれ》等にとつて、恐《おそ》ろしいXであつた。(「行人・塵労十二」)

長野家にとって、家長(一郎)の身にもしものことがあれば生活の糧を失うことになる。それゆえ、父母はこうした事態に際し二郎を頼るほかないのである。こうした場面からも、家というシステムに翻弄される二郎の姿が窺えよう。

『道草』では、「龍門二十品」の額の傾きが健三の不人情を表すメタファクターとして描かれていたが、『行人』における「喪乱帖」も作中において同様の役割を果たしている可能性も考えられるであろう。例えば、墓というものは先祖代々の魂が眠る場所であり、家の歴史を象徴する存在に喩えることができるだろう。「喪乱帖」の書写内容①から、王羲之は荒れてしまった先祖代々の墓を修理したことがわかるが、『行人』においては、長野家における家というシステムの秩序が再構築される様子が描かれている。歪んでしまった家秩序の再構築とはいわば家という概念を修理することに等しいと考えられるだろう。

第五節　小結――書の果たす役割

「F＋f」の理論に示されているように、「文学」における「内容の形式」は、「焦点的印象又は観念」に「情緒」が附着することが必要であると漱石は説いており、「文学」の「内容の形式」は漱石文学、特に小説における表現の要点と言えるだろう。漱石は登場人物の意識の変容に緻密な現実味を帯びさせ、描かれた書作品を作品の主題と結合させ、「F＋f」のような『文学論』で述べられた内容が作品に用いられていた。『草枕』や『道草』、『行人』において登場する書作品は、物語の中で動きを生じさせる役割を与えられた存在と考えられるだろう。漱石による小説での書の描かれ方は、物語内における実在感を帯びさせる表現・造型として認識され得るもの、小説という表現でしか成立し得ない、書を通しての働きを描いたと考えられるのではないだろうか。

漱石の小説の登場人物は、書を通して意識下も情緒を喚起されている。書を目にすることにより、登場人物の情緒は動き意識下へと沈んでいた印象や観念が浮上し、現在進行形の形として描かれる。そしてそれは読者との共通認識の下に成立するものであろう。『道草』における「北魏の二十品という石摺」（「龍門二十品」）、『行人』における「御物の王羲之」（「喪乱帖」）といった実在する書作品は、読者と小説の間に存在する距離を縮める一方で、それらを婉曲的に描くことにより、漱石は小説の中に展開されるイマジナリーな世界の境界を保っている。まさに、漱石の小説に描かれた書とは、漱石の小説技法の一つとして位置づけられるものであろう。

1 野網摩利子『夏目漱石の時間の創出』（東京大学出版会、二〇一二）を参照。
2 野網摩利子先生によるご教示。および、野網摩利子「『道草』という文字の再認―生の過程をつなぎなおすために」（『夏目漱石の時間の創出』（東京大学出版会、二〇一二所収）一二二頁～一二三頁。
3 「書跡名品叢刊七　龍門二十品（上）」（二玄社、一九五九）、「書跡名品叢刊九　龍門二十品（下）」（二玄社、一九五九）等を参照。
4 『夏目漱石遺墨集』（全六巻・別冊一巻、求龍堂、一九七九）、『図説漱石大観』（角川書店、一九八一）等を参照。
5 『夏目漱石の美術世界』（東京新聞／NHKプロモーション、二〇一三）八一頁。
6 宮武慶之「明治期における溝口家の道具移動史」（『人文一三』学習院大学人文科学研究所、二〇一四所収）二四六頁。
7 山川武著、古田亮編『応挙・呉春・蘆雪―円山・四条派の画家たち』（東京藝術大学出版会、二〇一〇）等を参照。
8 伊藤秀憲『正法眼蔵』に見られる祖師評価」（『駒沢大学仏教学部研究紀要　三七』駒澤大学仏教学部、一九七九所収）二四一頁。
9 田山方南編『禅林墨蹟』（思文閣出版、一九八一）等を参照。
10 伊豆利彦「『行人』論の前提」（『日本文学』日本文学協会編、一九六八所収）一三頁。
11 西岡智史「『教育令』期の中学校『和漢文』科における漢文観の研究―『和漢文』科教科書の検討を通して―」（『広島大学大学院教育学研究科紀要第二部第六二号』広島大学大学院教育学研究科、二〇一三所収）二〇一頁
12 亀井孝他編『日本語の歴史六』（平凡社ライブラリー、二〇〇七）二六八頁。
13 前掲11、二〇二頁。
14 東京大学百年史編集室編『東京帝國大學五十年史　上』（東京帝國大学、一九三二）六二二、八八五頁。

15　佐藤一樹「漢文における近代アイデンティティの模索　漢文科をめぐる明治、大正の論議」(『中国文化研究と教育　漢文学会会報五三号』(大塚漢文学会、一九九五所収) 七七頁

16　西川寧「喪亂帖年代考」(『書品一五〇号』東洋書道協会、一九六四所収)を参照。

17　中田勇次郎責任編集『豪華普及版書道藝術第一巻　王羲之　王献之』(中央公論社、一九七五)二〇〇頁を参照。

18　「書跡名品叢刊三七　王羲之尺牘集1」(二玄社、一九六〇)、「書跡銘品叢刊四八　王羲之尺牘集2」(二玄社、一九六〇)等を参照。

19　石原千秋『漱石と日本の近代(上・下)』(新潮社、二〇一七)を参照。

20　須田喜代次「『行人』論(一)—新時代と『長野家』—」(『大妻国文第二〇号』大妻女子大学国文学会、一九八九)、玉井敬之「『行人』論覚書—『夫婦といふ関係』をめぐって」(『漱石研究への道』一九八八　桜楓社)等。

21　小森陽一「交通する人々—メディア小説としての『行人』—」(『日本の文学　第八集』有精堂出版、一九九〇所収)を参照。

22　中山和子「『行人』論—家族の解体から浮上するもの—」(『漱石研究　第九号』(翰林書房、一九九七所収)を参照。

23　渡辺博之「「夫婦間の扶養」という考え方への疑問(消極)」(『高千穂論叢五二巻第二号』(高千穂大学高千穂学会、二〇一七所収)四頁。

24　飯田祐子「『行人』論—『次男』であること、『子供』であること—」(『日本近代文学　第四六集』(日本近代文学会、一九九二所収)を参照。

25　前掲22を参照。

[挿図出典]

挿図1、2:『中国法書選二〇　龍門二十品〈上〉　北魏』(二玄社、一九八八)

挿図3:中田勇次郎責任編集『豪華普及版書道藝術第一巻　王羲之　王献之』(中央公論社、一九七五)

挿図4:小倉不折『墨美を探る—文人・高僧の書画の世界』(秀作社出版、一九九四)

挿図5、6:前掲3

第五章　『こゝろ』の装丁について

第一節　漱石遺愛品目録について

漱石が生前より書画を蒐集していたことは、『漱石全集』所収の日記や書簡をはじめ、門下生や知人達が遺した記録によりその一部が知られていたが、これまでその内訳や数について詳細に言及された資料はなく、漱石が具体的にどのような作品を蒐集していたのかは明らかになっていない点も多い。

そうした中、平成二五年（二〇一三）に開催された展覧会「夏目漱石の美術世界展」[*1]において、『後藤墨泉 夏目漱石両氏遺愛品入札』（挿図1）、『井上龍翁 夏目漱石氏遺愛品下値附入札』（挿図2）という、昭和九年（一九三四）に行われた入札会（共に東京美術倶楽部主催[*2]）の売立目録の存在を確認することができた。これらは漱石が蒐集した書作品の全容解明にせまる重要な資料であると言えようが、あくまでも資料としての展示であり、その詳細等については触れられていなかったこともあり、後日調査を行った。資料の内容については以下の通りである。

○『後藤墨泉 夏目漱石両氏遺愛品入札』の概要

本書は昭和九年九月二六日に東京美術倶楽部で行われた入札会に出品された品の、番号、品名、作者名、備考、入札価格を一覧にしたもので、縦二六・五cm、横一九・〇cm、和綴、一部図版掲載、一四五頁からなる。全五九〇点が掲載されており、中には『虞美人草』の自筆原稿（一五四）や正岡子規の朱が入った句稿の額（一五八）など、夏目家から直接売りに出されたような品を確認することができるが、五九〇点のうち、漱石旧蔵品と断定できるものは備考として「漱石箱」、つまり漱石によって箱書きがされたものに限られる。

○『井上龍翁 夏目漱石氏遺愛品下値附入札』の概要

本書は昭和九年一一月二九日に東京美術倶楽部で行われた入札会に出品された品の、番号、品名、作者名、備考、入札価格を一覧にしたもので、縦二二・五cm、横一五・五cm、和綴、一部図版掲載、六五頁からなる。全一五〇〇点が掲載されているものの、漱石旧蔵品と断定できるものは備考として「漱石箱」

挿図1 『後藤墨泉 夏目漱石両氏遺愛品入札』

挿図2 『井上龍翁 夏目漱石氏遺愛品下値附入札』

と記載のあるものに限られる。

資料に目を通した限りでは、昭和九年九月二六日開催の入札会と昭和九年一一月二九日の入札会について詳細は判然としない部分もあるが、山発産業（現アングル株式会社）創業者である山本發次郎（一八八七―一九五一）が記した随筆に、昭和九年九月二六日に行われた入札会の光景が記されており、その様子の一部を窺い知ることができる。

春風云々の半切二行は、昭和九年秋の漱石遺愛品の売り立てが東京であった時、自分の所蔵に帰し、また六十の時の詩というのは丙午元日と題して「六十年来夢幻身麻衣滞世懶迎春」云々の七絶で、誰の手に入ったかは知らぬが、書体のすこぶる堅い出来の横物の小幅である。（中略）春風云々の二行でも、私は漱石旧蔵というだけで、買って持ってはいるけれど、別段頭の下がる出来のものではない。明月のうちでも、極めて平々凡々たる若書きである。[*3]

發次郎は書や絵画など多くの美術品を蒐集したが、既存の評価や価値観に囚われず、自身の芸術観に基づき作家の個性を高く評価したことで知られている。發次郎が購入した明月の「半切二行」とは、『後藤墨泉 夏目漱石両氏遺愛品入札』掲載の「三六　明月和尚　書二行　漱石箱」であり（挿図3）、この作品は現在大阪新美術館建設準備室の所蔵となっている。[*4] 筆者が調査した目録には、偶然にも当時の落札価格と思われる数字が書き込まれており、それによると發次郎は明月の書を二六一円で落札したことが推察される。なお、昭和六年（一九三一）の三井物産（現三井物産株式会社）における大卒初任給が七三円であることに鑑みると、[*5] 決して安くない金額で落札していることがわかる。發次郎が漱石の旧蔵という理由だけで不服ながらも高額な代金を支払い明月の書を購入しているように、当時の美術品蒐集家達の間において、夏目漱石旧蔵という付加価値がいかに魅力的なものであったのかその注目の程が窺えよう。

さて、目録の調査で、漱石の旧蔵品として掲げることができるものは以下のものである。

○『後藤墨泉 夏目漱石両氏遺愛品入札』所収漱石旧蔵品

三六　明月和尚　書三行　漱石箱
四四　良寛　七絶　漱石箱
五二　良寛　和歌　漱石箱
五三　明月和尚　七絶　漱石箱
七八　素明　山水　漱石箱

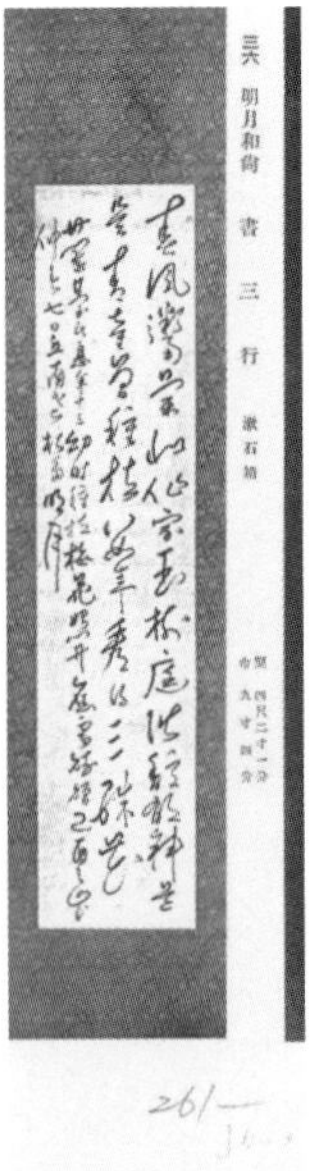

挿図3 「三六 明月和尚 書三行 漱石箱」

八〇　素明　人物　漱石賛
二七六　白龍　風雨書　漱石箱
二七九　藏澤　墨竹　漱石箱
二八〇　呉昌碩　蓮　漱石箱
二八二　副島種臣　書　漱石箱
二八四　趙子雲　花卉　漱石箱
二八六　青楓　梅竹　漱石箱
二八七　王震　牡丹木蓮　漱石箱
二九〇　素明　管弦之圖　漱石箱
二九一　直入　墨竹　漱石箱
二九二　邊壽民　芦雁　漱石箱
二九三　鄭孝胥　七絶　双幅　漱石箱

〇『井上龍翁 夏目漱石氏遺愛品下値附入札』

一九　朱熹書　十二幅対　漱石遺愛
五一四　王元珍　五律　漱石箱

五一五　郭尚先　書　漱石箱
五一六　魏釣熊　竹　双幅　漱石箱
五一七　清道人　書　漱石箱
五一八　梅宗　書　漱石箱
五一九　湘坪　人物　漱石箱
五二〇　獨立　書　漱石箱
五二一　藏山　書　漱石箱
五二二　逸雲　竹　漱石箱
五二三　青楓　人形　漱石箱

ここに掲げた中には、『漱石全集』において名前が確認することのできない人名も確認できる。[*6]例えば、第三章において漱石と黄檗の書との関係性について述べたが、黄檗随一と称される独立の名はこれまで確認されてこなかったものの、今回の調査によりそうした独立の書を漱石が所有していたことが判明し、漱石と黄檗の書との関係性がこれまで以上に強まる結果となった。

また、「一一九　朱熹書　十二幅対　漱石遺愛」の筆者である朱熹（一一三〇―一二〇〇）は中国南宋時代の思想家であり、朱熹が大成した朱子学は儒学の正統とされ、近世では江戸幕府から官学として採用されその合理的・実証的な考えは近代以降の西洋文化受容の折に大きな役割を果たした。[*7]そうした時代に漢学を学んだ漱石であるから、その文学作品には、朱子学の影響を受けたとされる部分が認められている。[*8] しかし、『漱石全集』において朱熹の名を確認することはできないのだが、漱石が朱熹の十二幅対という大作を所有していたという今回の調査結果は、そうした指摘を裏付ける一要因となり得るのではないかと考える。

今回の調査結果は、漱石研究におけるこれまでの研究成果を実証し裏付ける要素も備えていると言えよう。本章では、こうした新たに判明した情報をもとに、漱石の『こゝろ』における装丁について考察を加えたい。

第二節　漱石と上海画派

今回の調査において筆者が最も注目したのが、「二八〇　呉昌碩　蓮　漱石箱」、「二八四　趙子雲　花卉　漱石箱」、「二八七　王震　牡丹木蓮　漱石箱」、「二九三　鄭孝胥　七絶　双幅　漱石箱」の四点である。この中で、趙子雲（一八七四―一九五五）と王震（王一亭・一八六七―一九三七）、鄭孝胥（一八六〇―一九三八）は『漱石全集』において名前が確認できない人物である。三人はいずれも一九世紀末から二〇世紀前半の中国において、書画で活躍した人物である。なお、鄭孝胥の書に関しては、芥川龍之介が漱石の娘婿である松岡譲へと送った手紙の中で、「※二仲先生の所に孝胥の書が一幅あつたと思ふが如何上海で僕も孝胥に会つた」（※二仲先生＝漱石、筆者注）と綴っており、[*9] おそらくは掲出の「鄭孝胥　七絶」のことと思われる。ちなみ、芥川もまた鄭孝胥より七絶の作品を贈られている点も興味深い。[*10]

さて、先述の三人はみな清朝末・近代の芸術を代表する人物であるが、こうした人物達を結びつける存在こそが呉昌碩に他ならない。呉昌碩は詩、書、画、篆刻の四絶において高い評価を受け清朝最後の文人と称された傑物である。書画においては、伝統的な技法を基盤とし、そこに独自の芸術観を加味した新たな境地を開拓し、当時の中国や日本に大きな影響を及ぼした。趙子雲と王震は、呉昌碩に師事した人物であり、鄭孝胥もまた呉昌碩と交友を有した。[*11] こうした点からも漱石が清朝末・近代の芸術、とりわけ上海画派（海上画派）に関心を有していたと考えられよう。

アヘン戦争を経て上海は国際的な貿易拠点として栄えるようになると、それにより上海には多くの書画家が集まるようになり、彼らはやがて上海画派と称されるようになる。上海画派の特徴は、中国絵画を成立させる要素である、題辞・跋・印の全てを高い水準で表現しようとした姿勢にあり、そのために彼らは皆、書や金石学を学んだのである。[*12] 漱石がどのような経緯でこうした作品を入手したかは判然としないものの、第一次世界大戦の影響に伴う輸出の急増による好景気により、上海の画商から作品を購入し日本へと持ち帰る人が多かったとされていることからも、[*13] こうした影響を受けて漱石もまた上海画派の作品を入手したのではなかろうか。

こうした上海画派の作品には、文人画ないし、文人的精神が内包されていると言えよう。中国では古来より教養を身につけた王侯貴族、官僚らを文人と称した。彼らは幅広い知識を基盤に詩、書、画に親しみ、そうした人物達の手による画を文人画とし、八世紀後半以降からは、そこに反俗・隠逸性などが付与されるようになったのである。日本では近世以降に漢学的な教養を身につけた人物を文人と呼び習わすようになり、ライフスタイルもまた中国の文人同様、詩、書、画の世界に理想を抱き、形而上的な精神世界などを書や画で表現しようとしたのである。[*14] こうした中国の文人、明治以前の漢字文化圏の知識人の在り方や歴史認識は、漱石や一部の近代知識人にも受け継がれた。明治四〇年(一九〇七)に漱石は、東京帝国大学を辞して朝日新聞社に入社し、小説家としてのキャリアをスタートさせる。同年より旧牛込区早稲田南町七番地(現新宿区早稲田南町)に移り住み(漱石山房)、小説執筆や書画に親しんだ。そして明治四四年(一九一一)の博士号授与の辞退などなど、晩年の漱石のライフスタイルはまさに文人趣味と言えるものであろう。[*15] 上海画派の特質は、そうした漱石が焦がれた文人趣味の理想とも評せるものである。それ故に漱石は、呉昌碩らの作品を蒐集したのではなかろうか。

第三節　『こゝろ』の装丁と「石鼓文」

『こゝろ』は大正三年（一九一四）に『朝日新聞』にて連載され同年九月に岩波書店より刊行された。『こゝろ』の出版に際し漱石はその装丁を自らの手で行っており、そのことが初版本の序に記されている。

装幀の事は今迄専門家にばかり依頼してゐたのだが、今度はふとした動機から自分で遣つて見る気になつて、箱、表紙、見返し、扉及び奥付の模様及び題字、朱印、検印ともに、悉く自分で考案して自分で描いた。木版の刻は伊上凡骨氏を煩はした。
（『こゝろ』序）

こうして、漱石の意匠により完成したデザインが掲

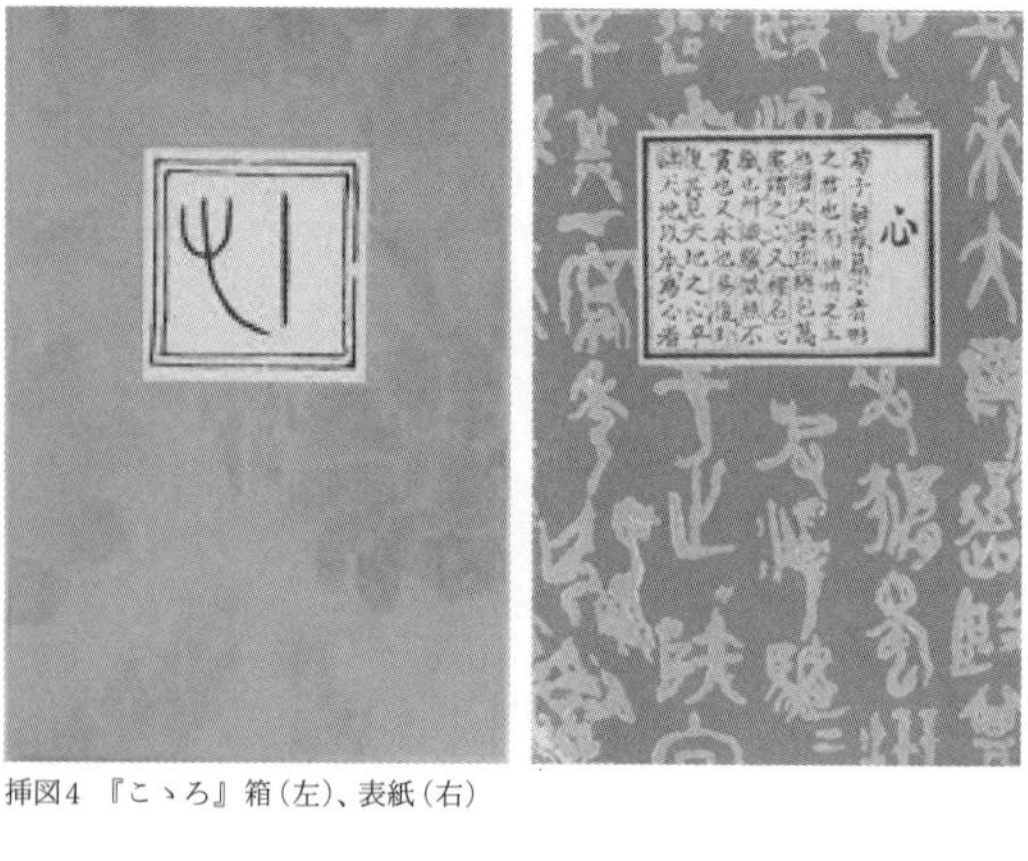

挿図4　『こゝろ』箱（左）、表紙（右）

出の挿図4であるが、この表紙に用いられているのが中国に現存する最古の刻石「石鼓文」である。「石鼓文」は春秋末期から紀元前五世紀頃秦でつくられたと考えられている。鼓形の石に文字が刻まれているところからこの名がつけられたとされ、その内容は王たちが猟を行う様子が「詩経」の様式を踏襲した形で表されている。初唐の頃、現在の陝西省宝鶏市で発見され、その書風は戦国時代の大篆を伝えるものとして尊重されている。[*16]

『こゝろ』の装丁は、後に『漱石全集』にも採用されたこともあり、「石鼓文」は今日において広く知られることとなった。しかし、昭和三年（一九二八）に『漱石全集』の普及版が刊行された当時は、「石鼓文」の存在は一般にはあまり知られていなかったようであり、[*17]装丁に対する質問が多く寄せられた。こうした質問に答えるべく松岡譲は昭和四年（一九二九）に「全集の装幀」を掲載し、その詳細について述べている。[*18]

> 五葉、青楓両氏の外に、絵心のある先生は、自分で装幀がして見たかつたのであらう、『こゝろ』と『硝子戸の中』の二冊を著者の自装で出版された。

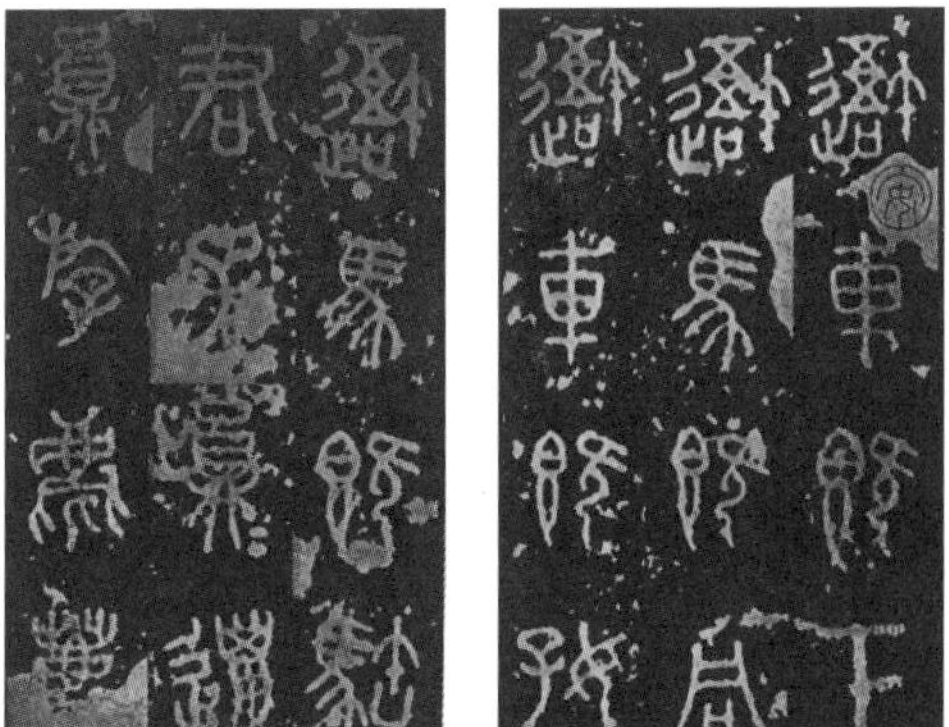

挿図5　「石鼓文」（北宋拓　三井文庫蔵）

（中略）この全集の装幀は実にこの『こゝろ』の装幀によつたものである。（中略）この表紙の文字模様は、通常『石鼓文』といはれて居る周の岐陽の石鼓の拓本から取られたものである。『金石索』によると、（中略）拓本で普通行はれて居るのは、三百八十六字本と、北宋旧拓の四百六十二字本とあつて、後者が善本だと見えて居るが、先生所蔵の拓本も、復刻ものには違ひないが、字数の上からいつて恐らくこの後者に拠つたものであらう。橋口五葉氏の令兄貢氏が支那の領事をして居られた頃贈られたものかと思ふ。

漱石に「石鼓文」の拓本を贈った橋口貢は熊本五高時代の教え子であり、『吾輩は猫である』等の装丁を手掛けた橋口五葉の実兄である。当時は清の日本領事館に赴任しており、現地から漱石へ香炉や鼎、硯などを贈っている。「石鼓文」もこうした交友の中で漱石へと贈られたものであり、先述の上海画派の作品も橋口を通じて漱石へもたらされた可能性も考えられるだろう。こうした、橋口と漱石の「石鼓文」に関する交信は以下の通りである。

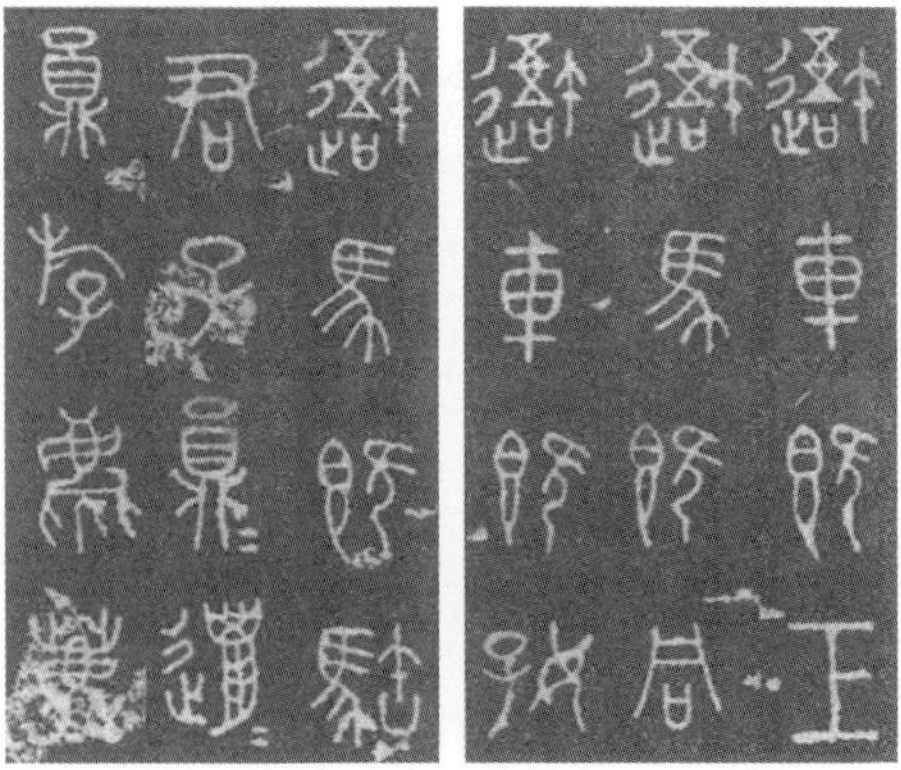

挿図6　「石鼓文」東北大学付属図書館蔵

大正二年七月三日
1871 御贈の拓碑只今着披見小生あの方の道に昧き故歴史的に何にも分らず。只字体の面白き所にのみ興を惹き申候。御芳志難有候

大正三年八月九日
2087 御恵贈の拓本は頗る珍らしく拝見しましたあれは古いのではないでせうが面白い字で愉快です、私は今度の小説の箱表紙見返し扉一切合切自分の考案で自分で手を下してやりました其内の表紙にあれを応用致しました。

『朝日新聞』において『こゝろ』が連載されたのが、大正三年の八月一一日までであることからも、漱石は『こゝろ』の連載中にはすでに「石鼓文」をモティーフとして用いることを決めていたことが窺える。

栃尾武氏の調査によると、[*19] 漱石文庫には漱石が橋口より贈られたと推定される「儀徴阮氏重撫天一閣北宋石鼓文本」と同系統の「石鼓文」の残巻（挿図6）と、清の羅振玉が影印した『廬山陳氏甲秀堂

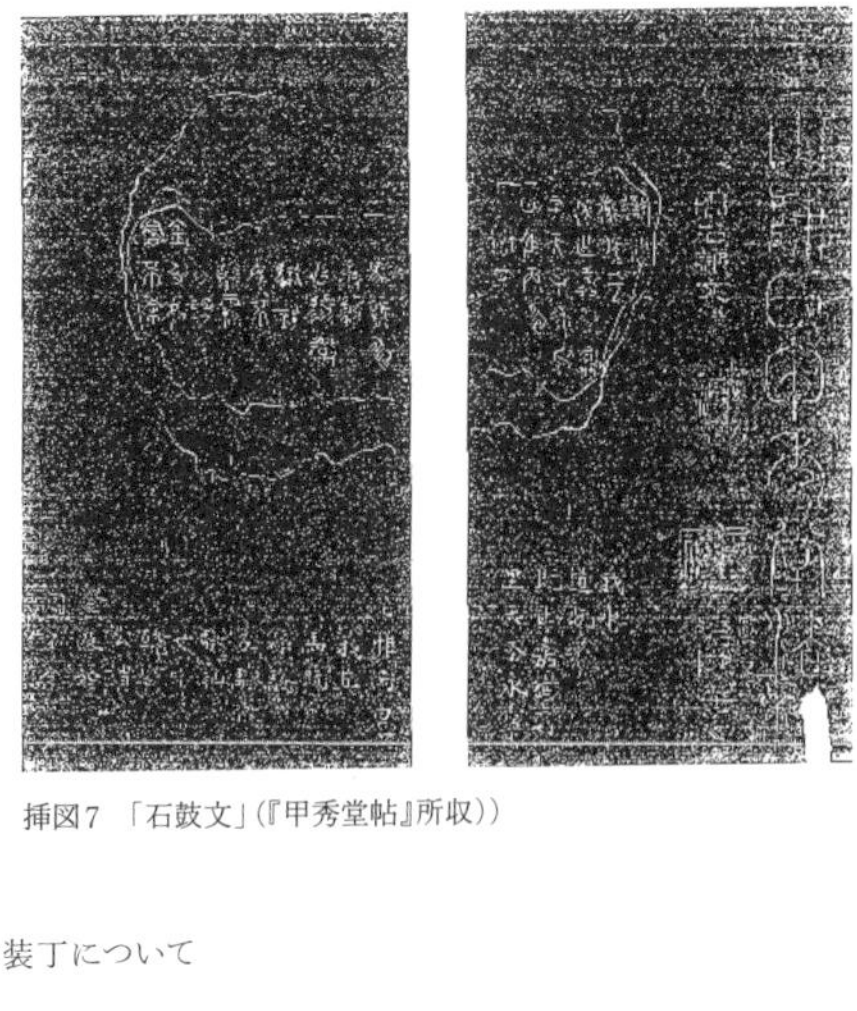

挿図7 「石鼓文」（『甲秀堂帖』所収））

法帖』(『甲秀堂帖』所収　一九一二年刊)が確認されている。『漱石全集』において漱石が「石鼓文」という言葉を用いたことは確認されてはいないものの、松岡譲によれば、明治四〇年頃漱石が使用していた蔵書印は漱石が好んで蔵書に捺していたという。[*20]『甲秀堂帖』にはそうした漱石山房の印が確認されることからも、橋口より「石鼓文」を贈られる以前より漱石はその存在を認知していたことが認められよう。

第四節　呉昌碩の影響

さて、ここまで「石鼓文」の拓本を数種類掲げたがいずれも漱石が臨書した「石鼓文」とは異なる書風である。そもそも、これらの拓本の多くが原物から取った原拓本ではなく、他の石や板に刻し直したものから取った拓本である点には留意する必要がある。なぜならば、「石鼓文」はかつて旧中国の中央政府で最高学府にあたる国子監の前に置かれており、限られた人物しか拓本を取ることができなかったからである。また、「石鼓文」自体も経年による風蝕が著しく、後年の拓本ほど可読性が損なわれている。そのようなこともあり、現状において原本の姿を正確に伝える優れたものとして宋代の拓本が重用されたのである。しかし、そうした拓本も大変貴重なものであり、当時の人々は宋拓の翻刻本、つまりは「阮氏重撫天一閣北宋石鼓文本」等を求めたのである。[*21]
以上の理由により、臨書時に手本として用いた拓本の種類によって、その書風に差異が生じることは至極当然のことであると言えよう。『こゝろ』の表紙原本と漱石文庫所蔵の拓本とを比較してみると、中には精彩に臨書している部分もあるものの、その多くが漱石の意匠が恣意的に反映されたものと言わざるを得ないものがある。[*22] また、当時において「石鼓文」のような篆書を書くということは、金石学と深い関係があり、そうした学術的成果を基盤とした上ではじめて緻密な臨書が可能となるのである。したがって、漱石のように自らの意匠を強く反映させたような、いわば芸術性を求めるような書写意識は稀とも言えよう。
さて、こうした漱石の意匠について以前より指摘されていたのが、先述した呉昌碩の「臨石鼓文」（挿図9）の影響である。[*23] 呉昌碩は生涯にわたり「石鼓文」を学び、晩年に至っては「権量銘」や「泰山刻石」といった他の古典の世界観を混在させた新意を表出させ独自の表現を開拓した。また呉昌碩は婦扁法という草書の筆法を以て篆書を書くという方法を用い、篆書の表現に従来までにはない躍動感をもたらした。確かに、漱石の意匠と呉昌碩の「臨石鼓文」には通じる部分があると言えるが、実際に漱石が呉昌碩の「臨石鼓文」を観たのか、この点については判然としない部分がある。

挿図8 『こゝろ』表紙原本

漱石は大正二年七月二日に津田青楓へ充てた宛書簡の中で次のように綴っている。

1870　健筆会に支那の呉晶碩といふ人の画があります。是は文人画のアンデパンダンだから面白いです。

また、その翌日の大正二年七月三日付、橋口貢宛の書簡では

1871　只今東京では健筆会開会中にて是に支那人の書画も大分出品致居候中に呉晶碩とか申す老人のものことに目立ち候是は正しく文人画のアンデパンダンにて頗る振つたものに候

と、「呉晶碩」と名前を誤って記していることからも、おそらくはこの時初めて漱石は呉昌碩という人物を認識したのではなかろうか。なお、この時漱石が足を運んだのは大正二年六月一二日から七月八日まで上野公園美術協会内で開催された第五回健筆会展観会である。健筆会は、書家・前田黙鳳（一八五三―一九一八）が主催し、その他に中村不折等の人物によって結成された、六朝書道研究や書を主として画や篆刻などの作品を展示する展覧会を主催した団体である。漱石が足を運んだ第五回健筆会の図録『第五回健筆会記念帖』には呉昌碩の画が掲載されていることからも、漱石が

この時に呉昌碩の作品を目にしたことは事実であろう。ただし、この図録には実際に展示された三百点近くの作品のうち、四八点しか掲載されていないことからその全貌を窺うことはできない。また、漱石自身も呉昌碩の「書画」を見たとは述べてはいるものの、具体的にどのような作品を見たかまでは述べられていない。この点について松村茂樹氏は、

当時、中国文人の画は高い値段で売れたものの、書は画ほどには顧みられず、売れることもほとんどなかったため、書画共によくする書画家を世間では画家として評価し、その作品も画ばかりを重視することが一般的であったからである。

とし、また健筆会に性質を考慮した上で

健筆会はあくまでも書の展覧会であり、画や篆刻の作品は付随的なものとして位置付けられていたことがわかる。

さすれば、書の展覧会である健筆会に出品した書画篆刻家呉昌碩が書の作品を出していないはずはなかろう。（中略）また、呉昌碩が書の作品を出していたなら、そこには必ずや彼の真骨頂である臨石鼓文も含まれていたはずなのである。[*24]

と述べている。健筆会の主催者であった前田黙鳳は楊守敬に師事し金石学の教養を基盤とした篆書や隷書を得意とした人物である。そうした人物であれば呉昌碩の「臨石鼓文」に注目する可能性は高いと考えられようし、呉昌碩本人も自らの芸術を篆刻第一、書第二、画第三と位置付けていた人物であるからこそ、そこに画が出展されていたのなら、書や篆刻もまた出展されていた可能性は十分に考えられるであろう。[*25]

挿図9
呉昌碩「臨石鼓文」
1919

漱石が名前を誤って記したように、呉昌碩の存在は当時まだあまり周知されていなかったようである。呉昌碩の弟子である王个簃（一八九七―一九八八）が『呉昌碩先生伝略』の中で、大正二年頃より日本人が呉昌碩の画を買い求めるようになり収入が増えたという旨を記していることからも、[*26] その頃は丁度呉昌碩の存在が日本国内において徐々に認知されつつある時期であった。今回の調査により漱石が呉昌碩をはじめとした上海画派の作品に関心を有していたことは明らかであるのだから、この鑑賞体験を経て、漱石が呉昌碩の作品に興味を抱き、その過程で「臨石鼓文」の存在を認識し、約一年後の『こゝろ』出版に際して呉昌碩から影響を受けた「石鼓文」を装丁に採用したことも十分考えられるのではないだろうか。

第五節　漱石の篆書に対する理解

前節においては『こゝろ』の装丁における漱石が臨書した「石鼓文」の特徴において、従来まで指摘されていた呉昌碩の「臨石鼓文」の影響に加え、漱石の上海画派への関心という新たな点を指摘したが、漱石が呉昌碩の「臨石鼓文」を目にしたことを示す資料等が現時点において認められていない。

『こゝろ』の表紙原本を見ると、漱石は基本的な篆書の用筆等を踏まえた丁寧な仕事を見ることができるが、その多くは漱石の意匠が存分に反映された独創的なものである。先述したように、清代以降の考証学の発展に伴い、金石学によって篆書等の古代文字の審美的価値が再認識され、それに伴い多くの書家の碑文への関心が高まった。そうした書が楊守敬によって近代以降日本へもたらされ、日下部鳴鶴や前田黙鳳など楊守敬に師事した者や、中林梧竹等のように中国へ渡り著名な文人・学者との交流をはかり、その成果を直接教示を受けた者達が、六朝書道を日本にもたらしたのだった。

しかし、漱石にはそうした六朝書道や金石学との接点がほとんど見受けられないのである。漱石は友人の菅虎雄より「張玄墓誌」の臨書指導を受けており、「石鼓文」の臨書を見ても基本的な用筆を修めていたことが窺える。また、副島蒼海、中林梧竹、鄭孝胥らの六朝書の作品を所有していたことからも、それらに対して一定以上の関心を有していたことは確かなことであろうが、その一方でそうした作品を自ら書すことはなかったようであり[*27]、漱石文庫をみても、金石学に関する書物等を題名からは確認することができない[*28]。

以上のことからも、漱石の篆書に対する意識は当時の書家達のそれとは異なるものであったことが考えられまいか。こうした、漱石の篆書に対する認識を垣間見ることができるのが、明治四三年(一九一〇)から四四年(一九一一)の間、修善寺大患にて療養中の漱石が記した日記(「日記七C)に記された『蘇氏印略』への感想である[*29]。

九月十六日〔金〕
○耕香館画賸を見る。蘇氏印譜が見たくなる。

九月二十日〔火〕
○蘇氏印略が来る。面白いけれども読めるのは極めて少ない。

九月二十一日〔水〕
○玄耳より酔古堂剣掃と列仙伝を送り来る。(蘇氏印略の一巻を看通した時也)

九月二十三日〔金〕
○昨日は雨終日。午前にジェームズの講義をよむ。面白い。蘇氏印略を繰返し見る。面白い。会話の本を読む。面白い。

九月二十七日〔火〕
見もて行く蘇氏の印譜や竹の露

このように漱石は『蘇氏印略』に対して、しきりに「面白い」とくり返し感想を綴っている。漱石が目を通した『蘇氏印略』は中国明代の篆刻家・蘇宣（一五五三—一六二六）の印譜を収録したものである。『蘇氏印略』のような印譜や印論、その他篆書法帖等は、江戸時代に長崎貿易によって中国から舶載されたものであり、それらの書籍が当時大きな影響をもたらしたことは広く知られているところである。「漱石文庫」に収められている『蘇氏印略』は、明治四二年（一九〇九）に刊行されたものであり、他にも一八三一年に清朝で刊行された『小石山房印譜』などが収められている。漱石は熊本の第五高等学校に赴任した明治二九年（一八九六）に熊本の見性参禅に来ていた伊底居士と号する人物に「濠虚碧堂」という蔵書印を刻してもらっているのだが、そのことを子規へと報告した書簡において「刻風は蘇爾宣篆法とかいふ奴を注文致候頗る雅に出来致候」と綴っていることからも、この当時からある程度篆刻に対する知識を有していたことが窺える。また、大正五年（一九一六）に芥川龍之介と久米正雄へと宛てられた書簡には次のように記されている。

八月二十一日（月）

2448 僕は不相変「明暗」を午前中書いてゐます。心持は苦痛、快楽、器械的、此三つをかねてゐます。存外涼しいのが何より仕合せです。夫でも毎日百回近くもあんな事を書いてゐると大いに俗了された心地になりますので三四日前から午後の日課として漢詩を作ります。（中略）あなた方の手紙を見たら石印云々とあつたので一つ作りたくなつてそれを七言絶句に纏めましたから夫を披露します。（中略）

尋仙未向碧山行。住在人間足道情。明暗双双三万字。撫摩石印自由成。

と、「小説執筆のストレスを緩和させるために印を彫ることで自由に成る」という意味の漢詩を詠んでいるのである。

一方で、漱石は『蘇氏印略』に対して、「面白いけれども、読めるのは極めて少ない」とも述べている。確かに、漱石は前掲の「石鼓文」の件に関しても、「小生あの方の道に昧き故歴史的に何も分らず、只字体の面白き所にのみ興を惹き申候。」、「あれは古いのではないでせうが面白い字で愉快です」と、篆書（篆刻）について面白いとは述べているものの、「歴史的に何も分らず」と金石学的な面にはさほど関心がない様子が窺える。また漱石の印譜集[*30]を通覧しても、著名な篆刻家の印は見受けられず、一般的な篆刻の様式とは異なる個性的な印面構成のものが多く、一見すると誤字と認識してしまうようなものもある。[*31]以上の点からも漱石は篆書（篆刻）をあくまで造形的な興味の対象として見ていたのであり、金石学や篆刻といった専門的な視点からは見ていなかったと考えることができるのではなかろうか。

第六節　漱石の装丁に見る篆書

先述したように、漱石が篆書（篆刻）を専門的な視座から見ていなかったとするならば、漱石はどのような視点からそれらを見ていたのか、その点を読み解くヒントが漱石の装丁へのこだわりに表れている。

漱石の著書は『吾輩は猫である』の頃より、当時としては斬新とも言える豪華な装丁によって出版された。その装幀デザインは、漱石がイギリス留学中に見たヨーロッパの世紀末美術や、漱石の文人趣味が反映されたかのようなオリエンタルな風潮が合わさったものであり、それは日本近代における洋装本の普及、および装丁デザインの歴史に大きな影響を与えたものであった。

漱石の装丁へのこだわりは、それにより本の価格が高価になり売れなかったとしてもかまわないというものであった。『吾輩は猫である』の出版時に、教え子である中川芳太郎へ宛てた書簡にはそうした漱石の断固たる姿勢が綴られている。

明治三十八年八月十一日(金)

458 うつくしい本を出すのはうれしい。高くて売れなくてもいゝから立派にしろと云つてやつた。何で〔も〕挿画や何かするから壱円位になるだらうと思ふ。到底売れないね。うれなくても奇麗な本が愉快だ。

こうした考えのもと、『吾輩は猫である』を出版するにあたり共同出版という形式のもと、その中の一社に系列会社に洋紙店があり紙の扱いに精通した大倉書店を加えるほどであった。漱石の装丁へのこだわりは、製本、綴方、表・裏・背それぞれの表紙の関連性、題字や生地にいたるまで加えられた。特に、上・中・下と三部に分けて出版された『吾輩は猫である』とその後に出版された『漾虚集』は、菊判でアンカット本、装幀意匠は表紙扉前頁装飾から、扉、巻頭装飾、奥付装飾の細部にまでわたり、差し画の版を石版と木版とに分け、中村不折といった当時第一線で活躍する画家に依頼するなど、同時代に類を見ない、装丁そのものが一つの作品であるかのような完成度を誇ったのだった。[*32]

漱石の装丁には、当然ながらイギリス留学時に目にした美術が深く影響を及ぼしていると言えよう。漱石がイギリスへ留学した当時は、ラファエル前派以後の美術工芸運動が広がり、ルネサンス以前の素朴で謙虚な芸術の復興を試みる運動がイギリスやヨーロッパ全体の美術や文学の各分野に影響を与えた時代であった。漱石はイギリスへ着いて以後、その年の一二月から美術雑誌『The Studio』を購読しており、この雑誌の購読は帰国後も亡くなるまで続けられたことからも、漱石が同時代の美術工芸に相当な関心があったことが窺い知れる。[*33] こうした西洋美術の影響下の中『吾輩は猫である』は出版されたのであるが、その装丁は西洋文学の翻訳に従事し洋書に精通した内田魯庵（一八六八―一九二九）をして絶賛していることからも、その様式がいかに洋書へ通じたものであったのかがわかる。[*34] そして、注目すべきはこうした西洋美術の様式を踏襲したデザインの中に漱石が篆書を巧みに織り交ぜている点である。

先述したように、『吾輩は猫である』は漱石の装丁へのこだわりがその細部にまで施されたデザインが採用されている。このデザインを担当した人物が橋口五葉である。五葉は明治一二年（一八八九）に橋本雅邦（一八三五―一九〇八）に師事するも、黒田清輝（一八六六―一九二四）の勧めにより洋画を専攻することとなり、明治三八年に東京美術学校を卒業すると兄貢の推薦により『吾輩は猫である』の装丁を行うこととなった。五葉のデザインは、アール・ヌーヴォー（一九世紀末からフランスを中心にヨーロッパで流行した芸術様式）に立脚したものであり、植物や曲線をモティーフに装飾的、図案的にそれらを表現するデザインに特徴があるものである。五葉はこうしたデザインに木版や漆といった日本の伝統工芸の技術を加えた独自の様式を確立して、漱石の作品を内容だけでなく装丁デザインまでも読者へと印象付けたのであった。[*35]

五葉のデビュー作となった『吾輩は猫である　上』は、天金、小口アンカット、模造皮紙の表紙にカバー付きの菊判というデザインである。このデザインに関しては、漱石による細かい注文があったらしく、そのことが発売をおよそ二カ月先に控えた頃の書簡に記されている。

明治三十八年八月九日（水）

456 昨夜は失礼致候其節御依頼の表紙の義は矢張り玉子色のとりの子紙の厚きものに朱と金にて何か御工夫願度　先は先は右御願迄

匆々拝具

と、表紙の紙質、色合い、題字の配色まで漱石の五葉に対する細かい指示の程が窺えるだろう。題字を金泥で押した印のようなモティーフとして、大きな方印型の朱地の中に二匹の猫が左右対称で配されたデザインは、まさにアール・ヌーヴォーと篆刻の調和によるものである。

さて、これらの題字の篆書が用いられているのは「吾」、「輩」、「猫」の三文字である。「吾」、「輩」であれば一般的な篆書体の文字に近いものがあると言えるが、「猫」の「犭」に関してはデザイン的な意匠が感じられるデフォルメである。三行目の「デ」などは文字を大胆にデフォルメした五葉らしいデザインなのであるが、よく見ると厳密にはことなるものの「石鼓文」などで見る「亍」という字の篆書体に近い趣があるように思われる（挿図11）。つまり、カタカナをアール・ヌーヴォーの様式によって篆書へと寄せるということである。これが漱石の発想なのか五葉のアイディアなのかは判然としないものの、前掲の書簡や、晩年の『こゝろ』における漱石の仕事に鑑みれば、これが漱石のアイディアであることを否定することはできないだろう。

さて、『吾輩は猫である』は本来読み切り作品であったのだが、読者の好評につき『ホトヽギス』の連載作品となった。そうしたこともあり、『吾輩は猫である　中』が刊行されたのは上巻が発売されてから一年以上後のことであった。このデザインを目にした漱石は発売後間もなくして五葉に次のような書簡を送っている。

明治三十九年十一月十一日(日)

709 昨夜服部が猫の中篇の見本を持つて来ました。始めて体裁を見ました。今度の表紙の模様は上巻のより上出来と思ひます。あの左右にある朱字は無難に出来て古い雅味がある。（上巻の金字は悪口で失礼だが無暗にギザ〳〵して印とは思へない。）総体が淋しいが落ち付いてゐると思ひます。扉の朱字も上巻に比すれば数等よいと思ひます。ワクの中はうまく嵌つてゐる様に思はれます。

と、漱石にとってはこちらのデザインの方が気に入った様子が窺える。表紙は猫と題字の配色が逆になっているのだが、興味深いのが題字の変化である。篆書は大きく分けて春秋戦国時代に秦の始皇帝が中国を統一したのちに成立した小篆と、それ以前の「石鼓文」に代表される、複雑な造形を備える大篆とに分類され、今回漱石が「無難に出来て古い雅味がある」と称したのはどちらかというと小篆に近い姿である。おそらくはアール・ヌーヴォーの様式には小篆の書体の方が上手く適合するということであろう。また漱石の「上巻の金字は悪口で失礼だが無暗にギザ〳〵して印とは思へない」という一文からも、こうした表紙における題字は、漱石が篆刻における印面を意識していたことを示すものでもあろう。中巻のデザインに満足した漱石は、半年後に刊行された『吾輩は猫である　下』(挿図13)においてもこの様式を踏襲した。表紙の印をモティーフとしたデザインには小篆風の篆書、そしてカバーには大篆風の篆書と、デザインの果たす役割に適した文字をそれぞれ選択したと言えよう。

さて先述したように、こうした『吾輩は猫である』の中巻と下巻が出版される以前に別の本が一冊が出版されている。それが『吾輩は猫である』以上にアール・ヌーヴォー様式にデザインされた短編作品集『漾虚集』である。

『漾虚集』のデザインコンセプトは基本的には『吾輩は猫である』とは変わらないものの、題字に関しては『吾輩は猫である』とは大きく異なっている。扉の題字については『吾輩は猫である』と同様に橋口五葉のデザインであるが、表紙に記された題字と比較するとかなり趣が異なるものである。と

挿図10
『吾輩は猫である 上』
1905

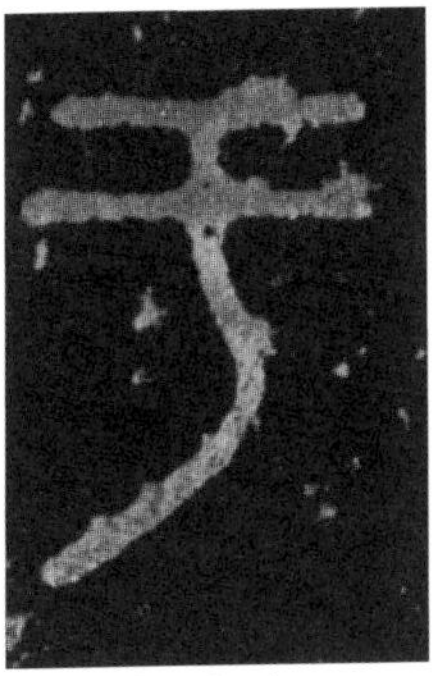

挿図11 「石鼓文」于

「デ」拡大

表紙

挿図12
『吾輩は猫である 中』
1906

カバー

表紙

挿図13
『吾輩は猫である 下』
1907

カバー

表紙

いうのもこの題字を揮毫したのは五葉ではなく『吾輩は猫である』にて挿絵を描いた中村不折だからである。[*36] 不折は明治二八年（一八九五）に日清戦争の従軍記者として中国へ赴いたことを機に、「龍門二十品」や金石学関連の資料などに心を惹かれ、次第に六朝書法を基盤とした独自の書風を確立した。そうして不折は明治四一年（一九〇八）に『龍眠帖』を刊行するのだが、その特異とも言える書風は当時賛否両論を巻き起こし、漱石をはじめ多くの人物によりその書を批判されたことは既に述べた通りである。また、その頃より漱石は不折と距離を置くようになったことも興味深い。

五葉と異なり、不折は漱石以上に篆書や篆刻に精通した人物である。『漾虚集』の題字にどの程度漱石の意匠が関わっているかどうかは定かではないものの、『漾虚集』の序において漱石は「不折、五葉二氏の好意によつて此集も幸に余の思ふ様な体裁に出来上つたのは余の深く得とする所である」と述べていることからも、デザインにおいては漱石の指示があったものと推察できよう。

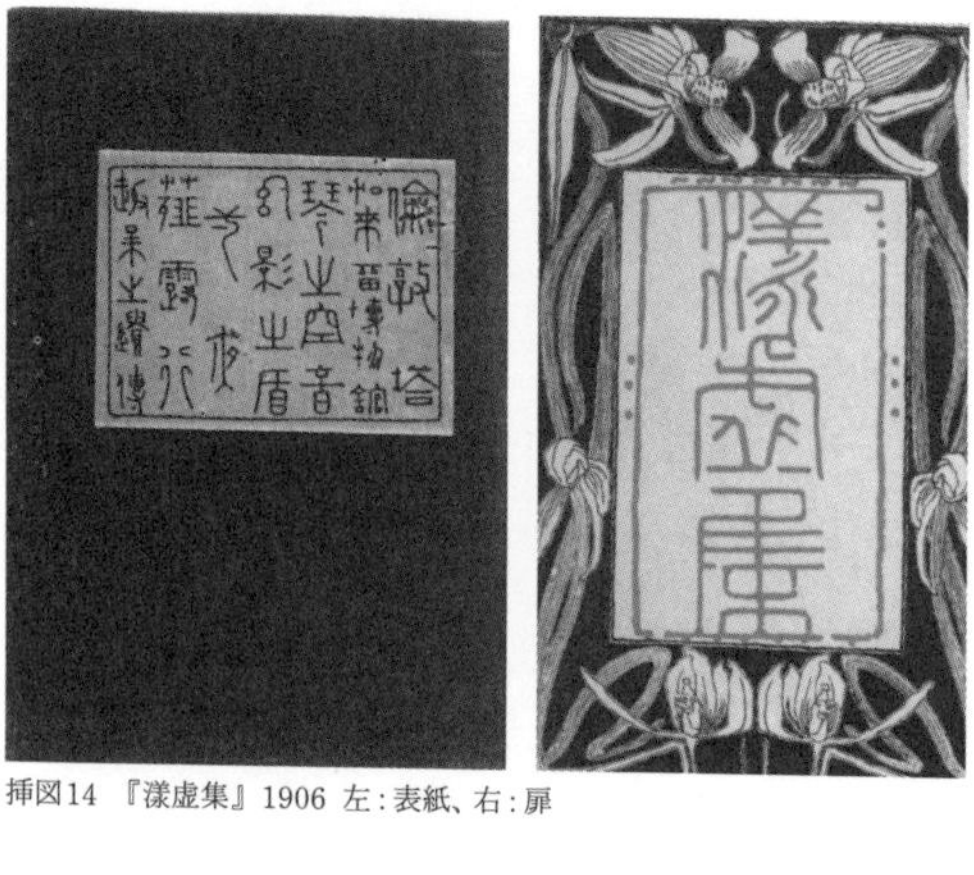
挿図14　『漾虚集』1906　左：表紙、右：扉

五葉はこうして漱石の装丁を手掛け続け、現在確認されているだけでも一一冊のデザインを行っ

た。『吾輩は猫である』と『漾虚集』以後は漱石による装丁の細かい指示は出されていないが、明治四二年に『三四郎』が刊行された時に、漱石は五葉に興味深い内容の書簡を送っている。

明治四十二年五月二十五日（火）

1193 拝啓先達ては多勢まかり出御邪魔致候三四郎御尽力にて漸く出版難有存候
表紙の色模様の色及び両者の配合の具合よろしく候
然し文字は背も表紙もともに不出来かと存候
小生金石文字の嗜好なく全く文盲なれど画家にはある程度此種の研究必要かと存候、尤も大作を以て任ずる大兄に対して挿画家もしくは図案家に対する注文抔持出しては御叱りあるべけれど、此は研究のみならず娯楽としても充分面白き業かとも存候。
不取敢御礼旁無遠慮なる悪口申上候失礼御ゆるし可被下候　以上

と、漱石は五葉のデザインに対する不満を述べているわけであるが、この書簡の文面から漱石がこれまで装丁のデ

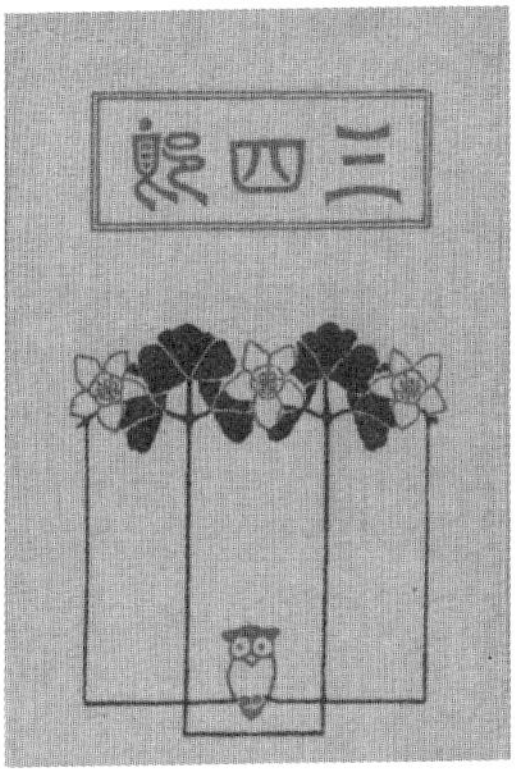

挿図15　『三四郎』表紙　1909

ザインに篆書を用いてきたのは、文字そのものが元来備えている造形性に注目してのことだったことが窺える。『蘇氏印略』や「石鼓文」を見て漱石がしきりに「面白い」と述べていたのは、そうした篆書を自分で見ることが漱石にとって楽しむべきことであり、そうした文字の造形美を楽しむことで当時の書家達とは異なる視点から篆書に着目していたのであろう。確かに漱石は「金石文字の嗜好なく全く文盲なれど」とは述べているものの、それはあくまで中村不折といった当時の書家達と比較してのことであろうし、文面通り漱石にその方面の知識が全くなかったわけではないことはここまで述べてきた通りである。

このように、漱石における篆書に対する理解・認識は「娯楽」であり、それは当時の書家達とは視点や発想を異にするものであった。今一度『こゝろ』の装丁を思い浮かべると、確かに呉昌碩の影響という点も考えられるであろうが、漱石の装丁における仕事、また篆書に対する理解・認識をもってすれば呉昌碩の影響なくしてもあの意匠へ辿り着くことは十分可能であったのではないだろうか。

第七節　小結――文字の造形美への着眼

美術が輸入されて以降、展覧会芸術として発展していった書は、活躍の場を床の間から広大なスペースの展覧会場へと移した。そうした状況において、その環境に適応した新たな様式が確立されていったことは必然的なことであり、その一つが楊守敬の来日以降、日本に根付いた六朝書の流れを汲む碑学派の書であった。西川寧を中心とした碑学派は、王羲之を中心とする法帖で伝承されてきた書法を確実な資料で補完して、それを新たな体系として確立することを目的とし、法帖により確実に原初の姿を保持している金石資料や木簡などを学書基盤として展覧会芸術としての書の確立を目指した。[*37]

こうした中、西川門下において実作と古典研究を学書基盤とし、「一作一面貌」と評される多様な表現を持った作品により、現代の書の世界に多大なる影響を与えた人物が青山杉雨である。青山の作品の中で最も評価されているのが篆書・隷書の作品なのであるが、実はそうした青山の作品には漱石の篆書に対する理解に通ずる部分がある点に注目することができる。

明清の頃より篆隷の書は、古代文字の原始的な姿を忠実に再現することを基本的な姿勢とした。そうした中で、呉昌碩のような逸材がその伝統を継承しつつも、古代文字の姿の中に作家の個性を内包した新たな表現を確立してきたのである。こうした基本的な姿勢は日本においても同様であった。ところが青山は、そうした篆隷の文字の造形や構造性を表現の手がかりとして、従来までの姿勢に対し、古代文字の原始的な姿に宿る荒々しさや造形美を現代的な美意識の下に表現したのである。

こうした青山の表現について西嶋慎一氏は青山の言葉を交えつつ次のように評している。[*38]

古代文字をモチーフに制作する際には、「ただ直感だけで体当りしたのでは余り得る」ものはない。まず考古学や文字学の初歩を知らねばならない。「しかし、そうかといって学問のとりこになってしまっては駄目である」。そして、「字だけ正しくて何の感動も伴わないような篆書作品を作ることが、我々の目的ではないことをはっきり意識してこの仕事にかからないと、愚劣な結果になってしまう危険は非常に多い」。そこで成功するか否かは、本人のエスプリの問題だと青山はいう。

ここで述べられていることは、漱石の篆書へ対する認識、そして『こゝろ』の装丁における「石鼓文」の臨書などに通ずるものがあると言えよう、「ただ直感だけで体当りしたのでは余り得る」というのは、漱石や内藤湖南が中村不折の六朝書に感じた嫌悪感を的確に表していると考えられる。また、青山も自身の作品ついて次のように述べている。[*39]

今日のわれわれが書の作品としてこうした古典文字を見る時には、古いタイプの一種教養主義的な背景やそうした自覚をもって、これ等の古典文字に相対しているわけではありません。簡単に言ってしまえば、書いてみると、おもしろいから…。好ましく表現することによって、近代的な美意識に訴えかけてくる要素が強いからと言うことが主因なのです。そうしたタブロー的な造型性やフォルムとしてのユニークさによって、古典文字を見ているのが偽りのないところです。

ここまで掲げてきた青山の言葉の中にはesprit（精神／才気）やtableau（木板／枠に張ったキャンヴァスに描かれた絵）といった西洋美術において用いられるような言葉が見られるが、青山は単純に西洋の美意識から書を捉えようとしたのではなく、現代人としての生活感や美意識に立脚するだけではない現代という時代に意味を持つ作品制作を標榜したのである。こうした点においても、近代という時代においてアール・ヌーヴォーという西洋美術の様式と篆書という東洋の古代文字とを融和させた装丁デザインを試みた漱石の姿勢とも通ずる点があると言えよう。

書は言葉を扱い文字をモティーフとする芸術であり、日本では近代以降展覧会芸術としての性格が強くなったことにより、装飾的な表現を伴う視覚芸術としての要素が求められるようになった。しかし、漱石が生きた時代においては近世以来の教養としての書、伝統的な書の様式も色濃く残っており、そうしたものとの対立を余儀なくされた。しかし近代日本人はそうした既存の文化や価

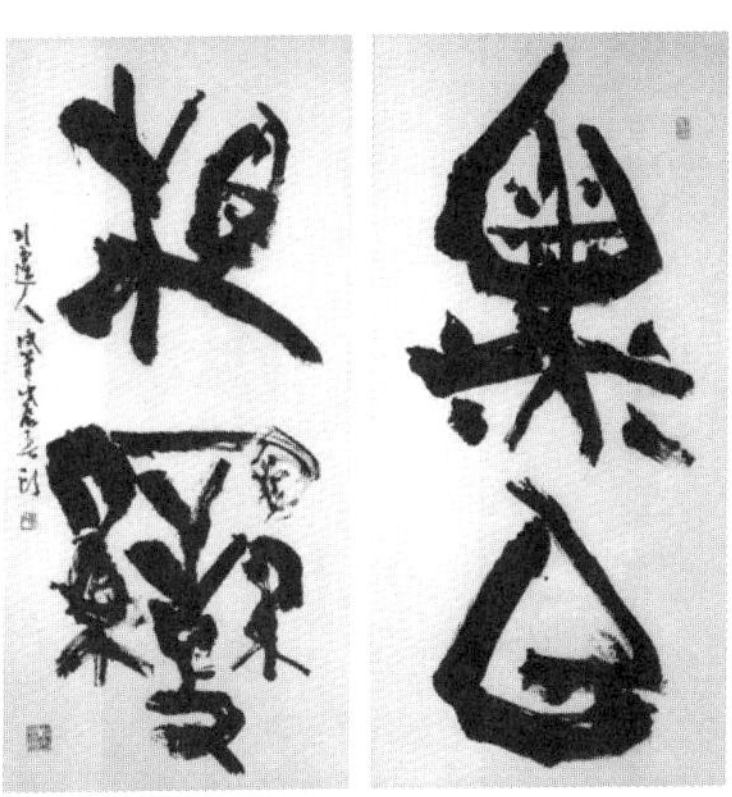
挿図16　青山杉雨「黒白相変」1988　東京国立博物館蔵

値観に基礎を置いた書のエポックメーキングを果たしたのである。それが、今日の現代書道へと通じているのである。[*40] これはまさに、近代国家として急激なスピードにて一躍経済国家へと発展した日本の姿そのものであると言えよう。『こゝろ』をはじめとする漱石の装丁は、まさに近代という時代に意味を持つもの、新たな芸術として確立された書の方向性を示し、現代書道へと繋ぐ橋渡しを果たした存在なのかもしれない。

1 平成二五年に東京藝術大学大学美術館で開催された展覧会。漱石の文学作品や美術批評に登場する画家の作品が多く展示された。
2 明治四〇年(一九〇七)に美術品を取引する企業として設立、現・株式会社東京美術倶楽部。
3 山本發次郎「白雲荘放談」(河崎晃一監修『山本發次郎コレクション　遺稿と蒐集品にみる全容』淡交社、二〇〇六所収)四八頁。
4 河崎晃一監修『山本發次郎コレクション　遺稿と蒐集品にみる全容』(淡交社、二〇〇六)を参照。
5 若林幸男「一九二〇～三〇年代三井物産における職員層の蓄積とキャリアパスデザインに関する一考察—初任給額の決定要因を中心として—」(『明治大学社会科学研究所紀要五三巻』明治大学社会科学研究所、二〇一四所収)一三二頁。
6 二〇一六年一二月より新たに『定本　漱石全集』が刊行されているが、本章執筆時においてはその刊行が完了していないこともあり、あくまでも暫定的な事実として把握したい。
7 『朱子学大系』(明徳出版社、一九七四)等を参照。
8 藤尾健剛『漱石の近代日本』(勉誠出版、二〇一一)等を参照。
9 大正一〇年五月三〇日松岡譲宛書簡(『芥川龍之介全集第十九巻』岩波書店、一九九七所収)一七五頁。

10 芥川龍之介『上海游記』(『芥川龍之介全集第八巻』岩波書店、一九九六所収)四一頁。
11 松村茂樹『呉昌碩研究』(研文出版、二〇〇九)等を参照。
12 趙忠華 福田隆眞「近代中国の伝統絵画の変動」(『山口大学教育学部研究論叢 第六四巻』、二〇一五所収)を参照。
13 『墨美 第一五号』(書道出版社、一九五二)所収の篆刻家の園田湖城と陽明文庫主事の小笹喜三の対談において、小笹は呉昌碩の書画の日本における普及について「やはり七十歳位からしきりと画を売ったということで、それが日本の丁度好況時代に遇うた。あるいはあの時分に上海から日本へ帰る人があったりして、丁度そういう時代ですな。」と述べている。
14 吉澤忠『日本の南画 水墨美術大系別巻Ⅰ』(講談社、一九七六)、島谷弘幸『日本の美術 第五〇四号 文人の書』(至文堂、二〇〇四)等を参照。
15 奥本大三郎「文人 夏目漱石」(『漱石研究 第九号』翰林書房、一九九七所収)等を参照。
16 『書跡名品叢刊四 周 石鼓文』(二玄社、一九七四)、赤塚忠『石鼓文の新研究』(二松学舎大学、一九八一)等を参照。
17 栃尾武氏によると、国立国会図書館に蔵される「石鼓文」の模刻本としては、国内で出版された最初期に属するものとして『石鼓』(明治三十一年二月四日 前村治平刊)が存在するものの、これはあまり普及しなかったという見解を述べている。
18 松岡譲「全集の装幀」(『漱石先生』(岩波書店、一九三四所収)二六九頁—二七一頁。
19 栃尾武『漱石と石鼓文』(渡辺出版、二〇〇七)を参照。
20 松岡譲「印譜を読む」(『漱石全集月報』漱石全集刊行会、一九三七所収)を参照。
21 前掲16を参照。
22 前掲19における比較表を参照。
23 松村茂樹「『漱石全集』の装幀から—漱石と呉昌碩そして長尾雨山—」(『漱石研究 第九号』翰林書房、一九九七所収)を参照。
24 前掲23、一六四頁—一六五頁。
25 松村氏の調査によると『第五回健筆会記念帖』には、前田黙鳳、中村不折の書、画が共に収められており、一人複数の出品がなされていたことがわかる。

26 前掲23を参照。
27 現在刊行されている漱石の遺墨集を通覧しても六朝風の作品や篆書や隷書の作品等は確認することができない。
28 『漱石全集第二十七巻』（岩波書店、一九九六所収）「漱石山房蔵書目録」を参照。
29 『漱石全集第二十巻』（岩波書店、一九九六）二〇五頁―二一一頁。
30 神奈川近代文学振興会編『神奈川近代文学館蔵　夏目漱石落款集成』（神奈川近代文学館、二〇〇七）等を参照。
31 熊本大学教授・神野雄二先生よりの御教授。
32 岩切信一郎「漱石本を解剖する」（『芸術新潮第六四巻六号』新潮社、二〇一三所収）を参照。
33 芳賀徹「漱石のブックデザイン」（『絵画の領分』朝日新聞社、一九八四所収）を参照。
34 もとは『学燈』に掲載された無署名の書評であったが、原弘により魯庵の筆によるものと推定された。
35 山田俊幸「橋口五葉と津田青楓の漱石本　アール・ヌーヴォからプリミティズムへ」（『漱石研究第十三号』翰林書房、二〇〇〇所収）を参照。
36 岩切信一郎『橋口五葉の装釘本』（沖積社、一九八〇）を参照。
37 田宮文平『現代の書の検証』（芸術新聞社、二〇〇四）を参照。
38 西嶋慎一「奇をもって正となす―青山杉雨の書法芸術」（『墨　一八七号』芸術新聞社、二〇〇七所収）三六頁。
39 『墨　ニュークラシック・シリーズ　青山杉雨』（芸術新聞社、二〇一一）一三〇頁、一三一頁（本文は『青山杉雨文集五巻続雑纂』岳陽舎、二〇〇七に準拠）。
40 帝京大学書道研究所・帝京大学総合博物館企画編集『日本書道文化の伝統と継承―かな美への挑戦―』（求龍堂、二〇一六）を参照。

〔挿図出典〕
挿図1：筆者蔵実物資料
挿図2：筆者蔵実物資料

挿図3：前掲1
挿図4：『名著復刻漱石文学館　こゝろ』（日本近代文学館、一九七六）
挿図5：『書跡名品叢刊四　周　石鼓文』（二玄社、一九七四）
挿図6：栃尾武『漱石と石鼓文』（渡辺出版、二〇〇七）
挿図7：国会図書館デジタルライブラリー　http://dl.ndl.go.jp/info:ndljp/pid/852909
挿図8：『別冊太陽231　夏目漱石の世界』（平凡社、二〇一五）
挿図9：『中国法書選六〇　呉昌碩集　清』　二玄社　一九九〇
挿図10：『名著復刻漱石文学館　吾輩ハ猫デアル　上』（日本近代文学館、一九七六）
挿図11：前掲5
挿図12：『名著復刻漱石文学館　吾輩ハ猫デアル　中』（日本近代文学館、一九七六）
挿図13：『名著復刻漱石文学館　吾輩ハ猫デアル　下』（日本近代文学館、一九七六）
挿図14：『名著復刻漱石文学館　漾虚集』（日本近代文学館、一九七六）
挿図15：『名著復刻漱石文学館　三四郎』（日本近代文学館、一九七六）
挿図16：『墨　ニュークラシック・シリーズ　青山杉雨』（芸術新聞社、二〇一一）

結論　近代以降における書の教養と表現

近代以降、日本へと輸入された様々な学問や制度はその後の日本に大きな影響を与えた。書においては美術という概念により、既存の価値観や書に対する認識そのものが大きく変化した。一方で、近世以降の伝統的な価値観もその中では根強く残り、両者は衝突しながらも共存する形で現代の書道文化へと継承され、書が展覧会芸術として発展する大きな要因となった。こうした関係性は経済国家として発展した近代日本においてもまた同様であった。言うなれば、国家を成立させる為の構造と機能はイコールの関係で成り立っており、社会全体は一つの生命体のようなシステムと化し、近代日本においては、そうした社会システムと文化芸術もまた等しい関係で成り立っていたのであろう。

近代における書と社会システムとの関係は、まさに漱石と書道文化との関係そのもののようにさえ思われる。漱石は、国費留学という形でイギリスへ渡り、帰国後本来ならば近代国家建設に寄与する人物としての活躍を期待された。しかしながら、漱石は幕末に生まれ幼い頃から漢学に親しんだことで、そこで得た知識や教養がアイデンティティーとして確立されていた。留学に際し、英文学と漢文学との相違に悩み、「文学」という根本的な疑問に苛まされることとなったのもそれゆえである。漱石は、当時日本全体を包み込んでいた欧米模倣の時流を素直に受け入れることはしなかった。イギリスから帰国後は書画へ親しむようになるが、これはまさに晩年の文人趣味傾倒への萌芽、中国における最高の教養人である文人の生活様式の一部をなぞることによって、自身のアイデンティティーを見つめなおしていたのかもしれない。

漱石にとって、書は基本的に漢学と結びつく形で受容した教養であった。唐代の書と漢詩のように、古来より漢学に対する教養と書は表裏一体となってその世界を深めるものであり、こうした姿勢は漱石の書道観の中心に存在したものであった。確かに、漱石は書道雑誌『書苑』を創刊号より購読するなど、最新の情報を知識として受容することはあったが、当時流行の六朝書法を積極的に学ぶことなどはしなかった。六朝書法も金石学や考証学といった学問に付随するものであったが、それは漱石にとっては教養不在の書であり、盲目的に受容することは、漱石が批判した外発的に西洋の模倣をもって近代化を図ろうとした日本の姿と同義である言えよう。漱石が中村不折の表面的な文字の姿や美しさといった、表現のみに重点を置いた書に嫌悪感を示したのは、漱石が後年述べた「深い根底」の理念が存在しなかったからに他ならないと考えられよう。

しかし、漱石に不折のような、表面的な文字の姿や美しさといった表現を追求しようとする試みが存在しなかったわけではない。それは漱石の文学作品における装丁、篆書をモティーフとした題字のデザインという仕事に表れていると言えるだろう。篆書をモティーフとし、その文字が本来的に備えている造形的な特徴や特質を、漱石や五葉のセンスにより表現しているのである。『こゝろ』においては、あたかも篆書における伝統的な様式を無視したかのような、文字の造形美に重きを置いた仕事を漱石が行っている点には注目することができる。ただし、留意しなくてはならないのが、漱石がそうしたデザインの多くを、アール・ヌーヴォーという西洋美術の様式に基づいて、東洋と西洋の文化の融和を果たそうとした点である。

漱石にとって西洋美術の教養は、英文学という学問の領域に付随する形で学んだものであり、その教養も英文学研究の過程に蓄積されていったものであって、留学中に美術館へと通ったこともそうした点が理由の一つである。漱石は、『文学論』や『文学評論』といった英国留学の成果をまとめて東大で講義を行った際には、ラファエロやターナーといったその後の漱石の小説に登場する人物達について言及している。また、漱石は自身の文学作品の中に美術作品を描いたが、古くから西洋における文学研究では、作品とそこに登場する絵画の相互関係について、同時代の美術における様式論の問題や、漱石が用いたような小説内における絵画の働きなど、文学・美術史の各方面から既に盛んに研究が行われていた。つまり、漱石が小説の中に多くの美術を描いたことも、もとを辿ると漱石の英文学の教養がその源泉に存在しているのである。よって、装丁におけるデザインも漱石にとっては教養の一部であり、それは漢学における書と同様の認識であったと考えられよう。漱石の篆書をモティーフとしたデザインには、英文学や西洋美術といった、漱石の言うところの「深い根底」が存在しているのである。

漱石の篆書をモティーフとしたデザインは、元来構造性の強い篆書の中にアール・ヌーヴォーといった西洋美術の教養を融和させたことにより、従来までにはない文字の絵画的効果などの表現的な面において大きな効果を創出した。誤解を恐れずに言えば、漱石の装丁における篆書と不折の六朝書法は本質的には近い存在であると考えられるだろう。晩年の漱石は、良寛や明月といった禅宗の僧侶の書や副島蒼海といった、漢学における書の教養とは少し異なる性質の書に関心を寄せるようになる。良寛の書は書道史上において他に類を見ない表現であるし、蒼海もまた伝統的な書の様式からは外れたかのような表現に重きをおいた書風が作品の特徴である。晩年の漱石は「則天去私」に代表されるような禅宗的な思想に影響を受けていた点からも、いわゆる書家（専門家）の仕事とは異なる、アマチュアリズムや人間性という観点から書を見ていた可能性も否定できないのであるが、漱石が晩年にそうした表現的な書に関心を寄せ、『こゝろ』における装丁や良寛風の作品を揮毫するなど、表現的なスタンスから書を通して自己表現を行っていたこともまた事実である。

近代以降、近代的な教育システムが確立されたことにより、漱石のように漢学に付随する形で書を受容する機会は徐々に減少していった。漱石と同時代を生きた富岡鉄斎（一八三六―一九二四）が「最後の文人」と称されることが、その実情を象徴していると言えるだろう。漢学における学書方法や理論は近代以降も受け継がれたものの、今や本来そこに付随するはずの教養は失われつつある。ある意味漱石は近世以来の漢学の伝統の中で書を享受した最後の世代なのかもしれない。

近代以降、漢学や碑学といった伝統的な価値観に根付いた教養としての書、あるいは美術という制度・概念に適応した書、または、従来までには見られないような表現に重きを置いた新たな書といった、種々の性質を帯びた書の登場により、書は文化として多様性を備えたものへと変容した。こうした教養と表現という面においては、日下部鳴鶴の姿勢や、中村不折と内藤湖南の対立に見られるように、いわば教養と表現の両立は相容れるものではなかったことが窺える。現代においてそうした書に対する教養はより専門性を帯び、漱石が小説に一般的な教養として描いた王羲之に関しても今やそうとは言い難いものがある。青山杉雨はこうした状態を教養主義と表現主義と評し、現代における書の在り方について論じたが、漱石はそうした面において、近代における非書家という立場から、書に対して教養主義と表現主義という対立する双方の視座を自分の中に持つことができた稀有な存在であったと言えよう。

夏目漱石は、非書家であったからこそ近代以降多様化した書道文化の姿を、近世以来の伝統的教養主義の視座、美術といった西洋の概念などを基盤とした表現主義の視座、以上の異なる双方の視座から近代の書道文化の変容を冷静に眺めることのできた稀有な存在である。こうした漱石と書道文化との関わり方は、まさに近代と現代の書道文化の分水嶺の一つであると言えよう。

あとがき

振り返ってみて、大学の学部生としての四年間に何か実益のあることなど、何一つしていなかったように思います。学業に邁進するわけでもない、部活やサークルに熱意を注ぐわけでもない、ありもしない夢ばかりを見て、いわゆる青春の一切を放棄する日々を送り、卒業後に社会人として有為な人物になろうなどとは微塵も考えていませんでした。

そんな私が、ふとしたきっかけで大学院へ進学し、書道文化に関わる分野の研究に携わるようになってから、はや八年の月日が経過しようとしています。子供の頃より書道に親しんだわけでもなければ、大学で書道実技や書道史を専攻したわけでもない、書道に関することで知っている人物と言えば空海だけ。その他には王羲之も「高野切」も何一つ知らないような前代未聞の大学院生だった私が、まさか筆を持ち、書に関する研究に携わり、今では大学で書道関連科目を受け持っているのですから、人生とは本当に不思議なものだと思います。

私にとって研究とは、はじめはある種開き直りだったところもあります。どうせ何もわからないのだから、あえて同級生や他の研究者とは違ったことをテーマにしようと思い至りました。何か新しい価値を創造しようだとか、高尚な理念などは何一つも持ち合わせていませんでした。持ち合わせていたものと言えば、ただ「知りたい」という知的好奇心、それだけだったように思います。

現代は情報化が進み、研究を行う環境も以前より格段に進歩しました。ましてや、私がテーマに選んだ夏目漱石という人物は、百年近い研究の蓄積が存在するのですから、私がこうして研究を何とかまとまった形にすることができたのも、大量にある先行研究の中から、自身のテーマに関連するものを選び出し、自分なりに整理し、まとめることができたからにすぎません。それはまさに、先学達が整備した道の上をただ漠然と歩きつつ、時折、脇道を歩いて獣道を楽しみながら歩くような感覚でした。

正直に申しますと、研究を始めた当初の論文などは抹消したいくらいの完成度、粗だらけというか、目を覆いたくなるようなものばかりです。その頃は、研究の基礎を覚え、なんとか論文を一つ書き上げる度に、充実感や僅かばかりの成長を覚えていましたが、現在の自分がその頃より成長しているかどうか、実の所は分からないものがあります、その頃よりも変わっていることは間違いないと思うのですが、そんな私が今日までまがりなりにも研究活動を続けてこられたのは、家族の支えはもちろんのこと、環境、タイミングなど、一言で言いあらわすならば「縁」というものに、非常に恵まれていたと常々思います。

博士論文の主査として「社会における書道文化」について考えるというヒントを与えてくださった歴史社会学の権威である筒井清忠先生（帝京大学文学部長・同日本文化学科長）、副査として貴重なご意見を賜った鈴木宏昌先生（元帝京大学文学部日本文化学科教授）、岡部昌幸先生（帝京大学史学科教授）、そして学会等で示唆を与えてくださった諸先生方、本書の刊行に際し、研究者として青二才である私に貴重な機会を恵んでくださった求龍堂編集部長清水恭子様、出版を担当してくださった三宅奈穂美様、『夏目漱石遺墨集』の出版に携わった経験を活かし、本著を完成まで導いてくださった太田一貴様をはじめ、多くの方々との縁に恵まれなければ本書が実現することはありませんでした。

そして何よりも、過分な序文を頂戴し、何処の馬の骨とも知れぬ学生だった私を、ここまで導き育ててくださった恩師である福井淳哉先生(帝京大学文学部日本文化学科准教授・同書道研究所所長)には心より感謝申し上げます。

不毛と思われた学部生としての四年間も、こうした現在の為に浪費したと思えば、それは決して無駄な時間ではなかったのかもしれません。これまでの縁に、そして、本書を書き上げるためにご協力賜りました多くの方々にこの場を借りて御礼申し上げます。本当にありがとうございました。

令和元年師走

河島由弥

参考文献一覧（五十音順）

一　漱石テクスト

・夏目漱石『激石全集』全二十八巻、別巻（岩波書店、一九九三―一九九九）

とくに分析した小説は以下に拠る

・『草枕』・『漱石全集第三巻』（岩波書店、一九九四）
・『門』・『漱石全集第六巻』（岩波書店、一九九四）
・『行人』・『漱石全集第八巻』（岩波書店、一九九四）
・『道草』・『激石全集　第十巻』（岩波書店、一九九四）

二　漱石遺墨集等

・鈴木史楼編『精選夏目漱石の書』（名著刊行会、一九八六）
・『漱石遺墨』（国華社、一九二〇）
・『漱石遺墨集』全五輯（春陽堂、一九二二）
・『漱石遺墨集』（岩波書店、一九三五）
・『漱石遺墨集』（『夏目漱石全集・別冊』創芸社、一九五四）
・『夏目漱石遺墨集』全六巻、別冊（求龍堂、一九七九）
・『漱石遺墨展覧会出品目録』（日本橋倶楽部、一九二〇）
・『図説漱石大観』（角川書店、一九八一）
・神奈川近代文学振興会編『神奈川近代文学館蔵　夏目漱石落款集成』（神奈川近代文学館、二〇〇七）

三　書道関係

・赤塚忠『石鼓文の新研究』（二松学舎大学、一九八一）
・安藤搨石『書壇百年』（木耳社、一九六四）
・青山由起子「江戸時代における『御家流と唐様』「書体」というメディアの情報伝達」（『表現文化研究』第一巻　第二号　神戸大学表現文化研究会、二〇〇一所収）
・飯島春敬編『書道辞典』（東京堂出版、一九七五）
・浦崎永錫『日本近代美術発達史明治篇』（東京美術、一九七四）
・大野加奈子「『書ハ美術ナラズ』明治政府の美術政策と日本の書についての考察」（『金沢大学大学院人間社会環境研究二一号』二〇〇一所収）
・香取潤哉「近代日本における『六朝書』の受容と展開　日下部鳴鶴の活躍とその影響を中心に」（大東文化大学学位論文（甲第八六号）、二〇一一）

・萱原晋「近・現代の日本の書について」（『書学書道史研究第六号』、書学書道史学会、一九九六所収）
・冠豊一「漱石と同時代の能書家」（『書品　一六〇、一六一、一六二号』、東洋書道協会、一九六五所収）
・冠豊一「漱石の書作について『天巧』への距離とその意味」（『書品　一六九、一七〇号』東洋書道協会、一九六六所収）
・北澤憲昭『眼の神殿―「美術」受容史ノート』（ブリュッケ、二〇一〇）
・『近代書道グラフ第九巻四号　特集子規と漱石の書蹟』（近代書道研究所、一九六四）
・中田勇次郎責任編集『豪華普及版書道藝術第一巻　王羲之　王献之』（中央公論社　一九七五）
・小島正芳「良寛の書と漱石　八一」（『國文學 解釈と教材の研究四三巻七号』（學燈社、一九九八所収）
・小松茂美編『二玄社版日本書道辞典』（二玄社、一九八七）
・小松茂美『日本書流全史』（講談社、一九七〇）
・小松茂美『日本の名随筆　六四』（作品社、一九八八）
・佐藤道信『〈日本美術〉誕生近代日本の「ことば」と戦略』（講談社、一九九六）
・『子規遺墨』全三巻（求龍堂、一九七五）
・島谷弘幸「唐様の書　江戸時代における中国文化の受容」（『唐様の書』東京国立博物館、一九九六所収）
・『書跡名品叢刊四　周　石鼓文』（二玄社、一九七四）
・「書跡名品叢刊七　龍門二十品（上・下）」（二玄社、一九五九）
・『書道全集二三　日本十　江戸Ⅱ』（平凡社、一九七一）
・『書道全集二五　日本十一　明治・大正』（平凡社、一九六七）
・『書の総合事典』（柏書房、二〇一二）
・杉山勇人「近世日本の書教育理念：書写書道教育の前史として」（『東アジア書教育論叢第四号』東京学芸大学書道教育研究会、二〇一七所収）
・鈴木晴彦「王羲之書法を中心とする江戸和様書家の唐様書受容について」（『書学書道史研究第十号』書学書道史学会、二〇〇〇所収）
・『墨一一号　特集正岡子規』（芸術新聞社、一九七八）
・『墨四九号　特集夏目漱石』（芸術新聞社、一九八四）
・『墨　ニュークラシック・シリーズ　青山杉雨』（芸術新聞社、二〇一一）
・『定本書道全集十二』（河出書房、一九五六）
・東京国立博物館『書聖　王羲之』（ＮＨＫ／毎日新聞社、二〇一三）
・高橋利郎「近代における「書」の成立」（『近代画説　一二』明治美術学会、二〇〇三所収）
・高橋利郎「近代における書道史形成の軌跡」（『書道学論集』大東文化大学大学院、二〇〇五所収）
・高橋利郎『近代日本における書への眼差し―日本書道史形成の軌跡』（思文閣出版、二〇一一）
・高橋竹迷『隠元　木庵　即非』（丙午出版社、一九一六）
・田宮文平『現代の書の検証』（芸術新聞社、二〇〇四）
・帝京大学書道研究所・帝京大学総合博物館企画編集『日本書道文化の伝統と継承―かな美への挑戦―』（求龍堂、二〇一六）
・津田青楓『自撰年譜』（一九四〇）
・津田青楓『書道と画道』（小山書店、一九三三）
・津田青楓『漱石と十弟子』（朋文堂新社、一九六七）

・内藤湖南「北派の書論」(『内藤湖南全集第八巻』(筑摩書房、一九六九所収)
・中田勇次郎「江戸時代の書道と唐様」(『中田勇次郎著作集第六巻』(二玄社、一九八五所収)
・中村史朗「龍眠会研究初探—彷徨する六朝書道をめぐって—」(『書学書道史研究第二六号』書学書道史学会、二〇一六所収)
・『墨美一四五　夏目漱石』(墨美社、一九六五)
・鍋島稲子「明治書道の展開と中林梧竹 北派の書の移入をめぐって」(筑波大学学位論文(甲第一七四八号)、一九九七)
・西川寧「喪亂帖年代考」(『書品一五〇号』東洋書道協会、一九六四所収)
・西嶋慎一「奇をもって正となす—青山杉雨の書法芸術」(『墨一八七号』(芸術新聞社、二〇〇七所収)
・松村茂樹『呉昌碩研究』(研文出版、二〇〇九)
・松村茂樹「『漱石全集』の装幀から—漱石と呉昌碩そして長尾雨山—」(『漱石研究　第九号』翰林書房、一九九七所収)
・柳田さやか「明治期の竜池会・日本美術協会における書の位置—六書協会・日本書道会設立の背景として—」(『書学書道史研究第二五号』書学書道史学会、二〇一五所収)
・王書瑋「芥川所蔵の近代中国書から何がわかるか」(『千葉大学人文社会科学研究 一八』千葉大学大学院人文社会科学研究科、二〇〇九所収)

四　漱石関係

・荒正人『漱石研究年表』(集英社、一九八四)
・飯田祐子「『行人』論—『次男』であること、『子供』であること—」(『日本近代文学　第四六集』日本近代文学会、一九九二所収)
・石原千秋『漱石の記号学』(講談社選書メチエ、一九九九)
・石原千秋『漱石と三人の読者』(講談社現代新書、二〇〇四)
・伊藤宏見『夏目漱石と日本美術』(国書刊行会、二〇一七)
・岩切信一郎「漱石本を解剖する」(『芸術新潮第六四巻六号』、新潮社、二〇一三所収)
・岩切信一郎『橋口五葉の装釘本』(沖積社、一九八〇)
・伊豆利彦「『行人』論の前提」(『日本文学』日本文学協会編、一九六八所収)
・江藤淳『漱石とアーサー王傳説—「薤露行」の比較文学的研究』(講談社学術文庫、一九九一)
・『講座夏目漱石第二巻〈漱石の作品(上)〉』(有斐閣、一九八一)
・『講座夏目漱石第三巻〈漱石の作品(下)〉』(有斐閣、一九八一)
・『講座夏目漱石第四巻〈漱石の時代と社会〉』(有斐閣、一九八二)
・『講座夏目漱石第五巻〈漱石の知的空間〉』(有斐閣、一九八二)
・木村功「『行人』論—一郎・お直の形象と二郎の〈語り〉について」(『国語と国文学七四巻二号』至文堂、一九九七所収)
・小森陽一「交通する人々—メディア小説としての『行人』—」(『日本の文学　第八集』有精堂出版、一九九〇所収)
・小森陽一『漱石を読みなおす』(岩波現代文庫、二〇一六)
・小森陽一『漱石論—21世紀を生き抜くために』(岩波書店、二〇一〇)
・小森陽一他編『漱石辞典』(翰林書房、二〇一七)
・紅野敏郎「漱石と美術」(『理想六二二』理想社、一九八五所収)

・斉藤英雄『夏目漱石の小説と俳句』（翰林書房、一九九六）
・佐渡谷重信『漱石と世紀末芸術』（美術公論社、一九八二）
・実方清編『夏目漱石辞典』（清水弘文堂、一九七七）
・高階秀爾「漱石と美術批評」（『國文學 解釈と教材の研究一六巻一二号』學燈社、一九七一所収）
・高階秀爾『日本近代の美意識』（青土社、一九九三）
・滝沢克己『夏目漱石』（三笠書房、一九四三）
・田中英道「漱石、鷗外、天心とイタリア美術」（『日本文化　六』拓殖大学日本文化研究所、二〇〇一所収）
・十川信介『明治文学　ことばの位相』（岩波書店、二〇〇四）
・栃尾武『漱石と石鼓文』（渡辺出版、二〇〇七）
・中島国彦「漱石と美術」（『國文學 解釈と教材の研究　三二巻六号』學燈社、一九八七）
・中谷由郁「『日本美術』における漱石俳句」（『大妻女子大學大學院文學研究科論集　一三』大妻女子大学大学院文学研究科、二〇〇三所収）
・中山和子「『行人』論—家族の解体から浮上するもの—」（『漱石研究　第九号』翰林書房、一九九七所収）
・新関公子『「漱石の美術愛」推理ノート』（平凡社、一九九八）
・新関公子「美術と漱石—美しい視覚像にこだわる」（『國文學 解釈と教材の研究　五三巻九号』學燈社、二〇〇八所収）
・西原大輔『谷崎潤一郎とオリエンタリズム—大正日本の中国幻想』（中公叢書、二〇〇三）
・『夏目漱石周辺人物事典』（笠間書院、二〇一四）
・『夏目漱石における東と西』（思文閣出版、二〇〇七）
・『夏目漱石の美術世界』（東京新聞／NHKプロモーション、二〇一三）
・野網摩利子『夏目漱石の時間の創出』（東京大学出版会、二〇一二）
・野網摩利子「『道草』という文字の再認—生の過程をつなぎなおすために」（『夏目漱石の時間の創出』（東京大学出版会、二〇一二所収）
・芳賀徹「漱石のブックデザイン」（『絵画の領分』、朝日新聞社一九八四所収）
・原武哲『夏目漱石と菅虎雄　布衣禅情を楽しむ心友』（教育出版センター、一九八三）
・平川祐弘『夏目漱石　非西洋の苦闘』（新潮社、一九七六）
・福井慎二「F＋fの科学の前提—漱石『文学論』への私註」（『国文学研究ノート第三一号』　神戸大学「研究ノート」の会、一九九六所収）
・古田亮『特講　漱石の美術世界』（岩波書店、二〇一四）
・山田俊幸「橋口五葉と津田青楓の漱石本　アール・ヌーヴォからプリミティズムへ」（『漱石研究　第十三号』翰林書房、二〇〇〇所収）
・吉川幸次郎『漱石詩注』（岩波書店、一九六七）

初出一覧

序論
「美術と書―美術制度・概念と書の関係に関する一試論―」（『帝京日本文化論集第二二号』帝京大学日本文化学会、二〇一五所収）七九―一〇二頁。

第一章
「夏目漱石と書道文化―漱石と書道文化との邂逅をめぐる一試論―」（『帝京日本文化論集第二〇号』帝京大学日本文化学会、二〇一三所収）七七―一〇七頁。

第二章
「夏目漱石と王羲之」（『大学書道研究第八号』　全国大学書道学会二〇一五　所収）七九―一〇八頁。

第三章
「『草枕』と黄檗の書」（『帝京日本文化論集第二一号』帝京大学日本文化学会、二〇一四所収）一五三―一八二頁。

第四章
「夏目漱石『行人』と「喪乱帖」」（『帝京日本文化論集第二四号』帝京大学日本文化学会、二〇一七所収）七九―一〇二頁

著者略歴

河島由弥（かわしま・ゆうや）

一九九一年、神奈川県相模原市生まれ。帝京大学文学部日本文化学科卒業。
帝京大学大学院文学研究科日本文化修士専攻博士前期課程修了。
同文学研究科博士後期課程修了。博士（文学）。
平成29年度沖永荘一学術文化功労賞受賞。
現在、帝京大学文学部日本文化学科非常勤講師。
主な著書に『日本書道文化の伝統と継承―かな美への挑戦』（求龍堂・共著）など。

求龍堂選書
夏目《なつめ》漱石《そうせき》
書道《しょどう》文化《ぶんか》における「教養《きょうよう》」の変容《へんよう》

発行日　二〇二〇年三月三一日
著者　河島由弥《かわしまゆうや》
発行者　足立欣也
発行所　株式会社求龍堂
〒一〇二-〇〇九四
東京都千代田区紀尾井町三-二三　文藝春秋新館一階
電話　〇三-三二三九-三三八一（営業）
〇三-三二三九-三三八二（編集）
http://www.kyuryudo.co.jp
印刷・製本　図書印刷株式会社
デザイン　近藤正之（求龍堂）

ISBN978-4-7630-2007-9 C0095